桜と雪とアイスクリーム

いばきょ&まんちー3

Michiru Fushino

樋野道流

CHARADE BUNKO

Illustration

草間さかえ

CONTENTS

一章　君と同じ桜を

日中は上着を脱ぎたいほど暖かいのに、日が落ちた途端に上着どころかコートまでほしくなるほど肌寒い。

毎朝、今日は何を着ていくのがいいだろうかと、テレビ番組の天気予報コーナーに注目し、いつもより長くクローゼットの前で思いあぐねる。

毎年、三月末というのは、そういう時期だ。

人間としては、本格的な春はまだ……という気分なのだが、自然界の他の生き物はもっと鋭敏に春の訪れに反応するらしい。

「……ああ」

駅への道すがら、カフェの店先に植えられたアジサイの、枯れたように見える枝先に芽が出ているのに気づき、楢崎《ならさき》千里《ちさと》は引き締まった口元をわずかに緩めた。

思わず足を止め、眼鏡《めがね》を押し上げて、まだ固く巻いた黄緑色の芽をもっとよく見ようと上半身を軽く屈《かが》める。

（やはり、春は来ているんだな）

スーツの上にトレンチコートを羽織り、襟の内側に短めのストールを巻きつけるという冬の装いをしておいて、そんなことを考えてしまった自分が滑稽《こっけい》で、彼は眉《まゆ》を上げ、微笑を苦笑いに変えた。

さすがに少し過剰だと感じていたストールを外してバッグに詰めてから、再び歩き出す。

K医科大学消化器内科に勤務している彼は、数ヶ月前に講師のポジションを得た。

決して素晴らしく早い出世というわけではないが、彼が所属する内科……特に消化器内科には、二百人以上の医局員がいる。

無論、全員が常勤ではなく、非常勤や、すでに開業しているのに籍だけ置いているといったいわゆる「幽霊医局員」も多くいる。それでも、医局員がもっと少ない他の医局に比べれば、出世のチャンスを摑《つか》むのはずっと難しいと考えるべきだろう。

医局内で、それなりの肩書きを得られるのは、ほんの一握りの医師だけなのだ。

そんな中、これといってギラギラした出世欲を見せず、上司への心遣いという名の根回しもしない彼が講師に任じられたのは、内科医としても研究者としても堅実な成果を積み重ねてきたからに他ならない。

そうした事情をよく知らなくても、楢崎の同居人……楢崎は居候と言い張るが、客観的にはどう見ても恋人である間坂万次郎《まさかまんじろう》は、楢崎が持ち帰って「ほら」と差し出した辞令を見て、凄《すご》い凄いと大騒ぎしたものだ。

それまで自分の出世になんの感慨もなかった楢崎も、万次郎があまりに喜ぶので、まあよかったんだろうと思い直したほどだ。

楢崎自身は、特に講師になったからといって、日々の勤務や職場における待遇になんの変化も感じてはいないのだが、心の中では喜びは薄く、むしろ責任が増したと感じている。

別に肩書きがなくても、医師である限り、みずからが健《すこ》やかである義務がある。

病を得て、体力や免疫力が落ちた患者たちに接するのだから、医師が彼らに病原体を運ぶ存在となることは、極力避けねばならない。

さらに講師として、研修医や学生を指導する機会が増えるに当たり、ますます自分の健康管理に気を配る必要がある。指導者が休むと、相手の学びの機会を奪ってしまう……というのは建前《たてまえ》で、実際には、皆、厳しい楢崎が不在だと、気が緩んでサボるからだ。

まだ研修医や学生といえども世間的にはいい歳《とし》の大人である。手を抜けば自分が損をするだけだと突き放してもいいのだが、怠慢のきっかけを自分が作ってしまうということに、楢崎自身が耐えられない。

研修医時代から「消化器内科のクール・ビューティ」の異名を取っていた楢崎は、ポーカーフェイスで醒《さ》めたことを言うわりに、実は誰よりも努力家で生真面目《きまじめ》なのだった。

そんなわけで、昇進が決まった初冬から、楢崎はストールや手袋といった、気温差に対応しやすい小物を持ち歩くようになった。もちろん、電車の中など、狭い空間に多くの人が集《つど》う場所ではマスクも欠かさない。

今日は朝から気温が高めで、ストールまでは不要かと思いつつもつい巻いて出てきてしまったのは、いつもの癖というだけでなく、仕事帰りに所用があるからだ。夜に出歩く以上、暖かくしておくのに越したことはない。

駅の改札に慣れた手つきでICカードを押し当てて通過し、ホームへの長い階段を上がりながら、楢崎はコートのポケットに手を入れて真新しいマスクを引っ張り出した。

医師なのだから、病院で常用しているプロ仕様のものを使えばいいのに、なんとなく公共の場でそこまで本格的なものを使うのは気恥ずかしい。

自意識過剰と指摘されては返す言葉もないのだが、ドラッグストアでわざわざ買った市販品を使っている楢崎である。

通勤列車は毎朝それなりの混雑ぶりだが、駅員が押し込まなければ扉が閉まらないというほどではないし、乗車時間はせいぜい十五分ほどなので、さほど気鬱《きうつ》ではない。

それは、彼が長身で、澱《よど》んだ空気をあまり吸わずに済むことによるところが大きいのかもしれないのだが。

片手で吊り革に摑《つか》まって軽く足を開き、もう一方の手でしっかりとバッグを抱えるという
いつもの姿勢で、楢崎は窓の向こうに目をやった。

読みたい本があるときは立ったまま読書も辞さないが、今朝《けさ》はそんな気分ではない。ぼんやりと流れていく景色《けしき》を見ていると、住宅街のそこここに、七分咲きくらいの桜の花が何本も見える。

おそらくどれもソメイヨシノなのだろうが、花の色がそれぞれ微妙に違うのが面白いところだ。白に近いものもあれば、ほんのりと淡いピンク色のものもある。

(昼間の暖かさで、夜までに満開になったり……は、しないか)

希望的観測が過ぎる自分に、楢崎はまたしても苦笑いした。

そう、今夜の「所用」とは、花見なのだ。

しかも、職場の花見宴会などではない。完全なるプライベートである。

メンバーは、楢崎と万次郎、それにK医大耳鼻咽喉科《じびいんこうか》に所属する医師の京橋珪一郎《きょうばしけいいちろう》と恋人の茨木畔《いばらきくろ》という、なんとも色気のない男四人の取り合わせだ。

京橋は楢崎より年下で、楢崎がアメリカに留学していたとき、後から同じ大学にやってきて親しくなった。

というより、英語があまり堪能でなく、海外での一人暮らしが初めてで戸惑いがちな京橋に、楢崎が一から十まで世話を焼いてやったというのが正しい。

楢崎は先に帰国したが、彼がアメリカにいる間じゅう、京橋はまるで柴犬の小犬のように楢崎にくっつき回っていたものだ。

楢崎も、素直で裏表のない京橋の性格が気に入り、自分が帰国するときには、周囲の人間に京橋のケアを懇《ねんご》ろに頼んで回った。

そんなわけで、楢崎にとって京橋は放っておけない可愛《かわい》い弟分であったのだが、気づけば茨木が、ちゃっかり京橋の恋人の座に納まっていた。

茨木は、中堅の製薬会社、カリノ製薬のサプリメント部門に勤務する研究者である。父親が重病に倒れてK医大に入院したため、付き添いのためにいったん仕事を辞め、病院の売店でアルバイト店長として働いていたとき、京橋と出会ったらしい。

今は元の職場に戻り、ブランクがあったにもかかわらず、同期より一歩先んじてプロジェクトリーダーを務めることも多々あるそうだ。職場の人望篤《あつ》きエースという、申し分なく才覚溢《あふ》れる男である。性格も温厚で、傍目《はため》にも京橋とは似合いのカップルに見える。

とはいえ楢崎は、茨木とはどうにも気が合わない。

茨木のほうも同様に感じているらしく、極力ふたりだけで会話することを避けているようだし、たまにやむなく言葉を交わすと、驚くほど双方が刺々《とげとげ》しくなる。

常に冷静沈着で理性的だと評される楢崎と、温厚な人格者とみなされている茨木が、互いにヒートアップして丁丁発止《ちょうちょうはっし》の議論を展開するので、傍《そば》にいる万次郎と京橋は最初の頃、大いに面食らったものだ。

二人とも才気煥発タイプであるし、楢崎のほうは可愛い弟分を茨木に掻《か》っ攫《さら》われた気分、一方の茨木のほうは、楢崎のことを京橋とは自分よりつき合いが長い、疎ましい小姑《こじゅうとめ》だと思っているきらいがある。むしろ、反りが合わなくて当たり前だろう。

とはいえ二人がいがみ合えば、気のよい京橋が板挟みになってオロオロするので、表向きはできる範囲で和やかに過ごしているし、共に出掛ける機会もそれなりにある。最近では、多少の言い合いならば、万次郎も京橋も失笑で受け流すようにもなってきた。

相容《あいい》れないまま渋々つるんでいるうちに、なんとなくお互いの存在に慣れてしまった。楢崎と茨木の今の関係は、そんな感じである。

今夜も、最初は万次郎と二人でぶらぶら外食がてら花見でもする予定が、いつの間にか京橋たちと一緒に行くことになっていた。

楢崎と京橋は先輩後輩でよく話す間柄だが、万次郎と茨木も、いつの間にか頻繁にメールをやり取りする仲になっているようだ。人間としてうまが合うというより、単純に料理という共通の興味の対象があるので、互いの知識を交換してレパートリーを増やしているらしい。

今回のことも、どうせ花見に行くなら一緒に出掛けて、大人数のほうが楽しめるタイプの食事でも……ということで、楢崎の知らないうちにあっさり話がまとまっていた。

楢崎としては、万次郎が茨木と懇意なのは苦々しい限りだが、家主だからといって、同居人の交友関係に干渉するほど狭量ではない。少なくとも、本人はそうではないつもりでいる。

それに偶然、病院の廊下で会った京橋に、柴犬を思わせる人懐っこい笑顔で「お花見、楽しみですね！」と言われてしまっては、「俺は気が進まない」などと水を差すわけにはいかない。つい涼しい顔で「そうだな」と相づちを打ってしまうのが、楢崎という男である。

そんな流れで今日という日を迎えたわけだが、気乗りしないふりをしつつも、花見というだけで少しワクワクしている自分が不本意極まりない。

いや、桜を見ることが楽しみなだけではない。

万次郎の反応が、あまりにも容易に想像できるのがいけないのだ。

きっと夜桜を見た彼は、大袈裟《おおげさ》なほどはしゃぐだろう。

今年も一緒に桜を見られてよかった、俺は物凄《ものすご》く幸せだ。そう言って口を顔の半分にして笑うだろう。

凝った料理を口にすれば、旨《うま》い旨いと喜んだ後で、野菜の切り方や素材の火の通し方、隠し味が何かと、打って変わって大真面目に考え込み、その後でもう一度、「旨い！」と唸《うな》って最後の一口を頬張《ほおば》るだろう。

想像するのが簡単なだけに、そんな万次郎の無邪気な様子が、まるで目の前で見ているように脳裏に浮かぶ。そうすると、頬が勝手に緩んできてしまう。

（まずは仕事。そうだ、花見の前に仕事があるんだぞ。しっかりしろ）

実行すると周囲の乗客に不審がられそうなので、心の中で自分の頬をピシリと叩《たた》くさまをイメージするだけにして、楢崎は口元を引き締め、片手で少しも緩んでいないネクタイの結び目をチェックした……。

「うん、ずいぶん鼻粘膜の腫《は》れは治まりましたね。呼吸も、かなり楽になったでしょう」

半袖《はんそで》ケーシー姿の京橋に問われ、耳鼻咽喉科独特のどっしりした診察椅子《いす》に腰掛けた若い女性の患者は、恥ずかしそうに自分の鼻を指さした。

「お陰様で。でも、もう手遅れです。毎日洟《はな》をかみすぎて、ほら、鼻の皮がペロペロですもん」

なるほど、彼女は綺麗《きれい》に化粧をしているが、鼻の周囲だけはファンデーションの乗りが悪く、肌が毛羽立ったように見える。ティッシュペーパーで擦《こす》りすぎたせいだ。

ただ、皮膚科ならぬ身の耳鼻科医の京橋には、肌荒れをケアしてやることはできない。彼は人のよさそうな眉をハの字にして患者を慰めた。

「ああ、ヒリヒリするでしょうね。気の毒に。でも花粉の飛散もそろそろ落ち着いてきましたし。そちらのほうも徐々に治っていくかと。花粉症の症状が初めて出た年は、皆さん、あまりのつらさにビックリされるもんですよ」

「ホントに！　こんなに酷《ひど》いとは思いませんでした。これから毎年、一生こうなのかしら」

憂鬱《ゆううつ》そうに、女性は天井を仰いで溜《た》め息《いき》をつく。京橋は気の毒そうに頷《うなず》いた。

「毎年の花粉の飛散量にもよりますが、多かれ少なかれ、これからも症状が出る可能性が高いです」

「はあ……。これまで私、春が大好きだったのに。これからは大嫌いになりそう。あ、すみません、先生に愚痴っても仕方ないですよね。ありがとうございました」

ハンカチで鼻の辺りを押さえつつ、女性は椅子から降り、ペコリと頭を下げた。額帯《がくたい》ヘッドライトのスイッチを切り、京橋も笑顔で軽く目礼する。

「来週もう一度だけ、診《み》せてください。そのときには、これからの治療方針についてもご相談したいので、少し長めに時間が取れる日に予約をしてもらえますか？　そうですね、処置を含めて二十分くらい」

「これからって……鼻水が止まったらOKじゃないんですか？　まだ治療、必要なんですか？」

怪訝《けげん》そうな患者に、京橋は噛《か》んで含めるように問いかけた。

「今年はね。でも、来年また同じようなつらい思いはしたくないでしょう？」

「そりゃもう。でも、来年もこうなっちゃうって先生が、今」

「ですから、花粉が飛び始める前に手を打って、極力症状が出ないように持っていきたいんです。そのためにはあなたの免疫系に協力してもらう必要があるんですけど、方法がいくつかあります。こちらに簡単な資料を用意してあるので、次にいらっしゃる前に目を通しておいてください。詳しくは来週、お話ししましょう」

「はあ。わかりました」

女性は頷くと、京橋が差し出したプリントを手に、診察ブースを出ていった。

「ちゃんと読んでくれるといいけど。みんな、自分のことなのに意外と読まないんだよね、ああいうの」

ブースのパーティションに寄せて置かれたデスクに向かい、ノートパソコンで彼女のカルテに診察所見を打ち込みながら、京橋は思わず溜め息をついた。

液晶の右下に表示された時刻は、本来の外来診察終了時刻の午後一時を軽く超過し、まもなく午後二時になろうとしている。

それでも、患者はあとまだ何人か待っているようだ。

(今日も、昼休みがおやつの時間になっちゃうな。ああ、腹減った)

心の中で泣き言を漏らしつつも、京橋は黙々とキーボードを叩き続けた。

広い空間を簡単なパーティションで区切っただけのブースなので、周囲の気配や話し声はダイレクトに伝わってくる。

しかし京橋のいるブースを残し、他の場所からはすでに人の気配が消えていた。ただ、片づけをする看護師の足音だけが、時折行ったり来たりするだけだ。

「また、俺だけ居残りかぁ」

つい、そんな情けない声が漏れる。

耳鼻科の外来において、京橋は彼の専門であるアレルギーの患者を担当している。毎年、春先は花粉症の患者が多く来院するため、京橋は同僚たちより遥《はる》かに多忙で、いつもひとりぼっちで居残り診察を続ける羽目になるのだった。

「先生、そろそろ次の方をお呼びしても大丈夫ですか？　それとも、五分だけお休みします？　お水でも持ってきましょうか」

外来の看護師長、高杉《たかすぎ》が、労《いたわ》るような笑顔で問いかけてくる。

もう六十歳近い彼女は、京橋が学生時代、臨床実習で耳鼻科に来たときにはすでに看護師長だった。言うなれば耳鼻咽喉科外来の生き字引き、もといお母さんのような人物で、京橋たち若手の医師は、彼女に頭が上がらない。

「師長につき合ってもらってるのに、俺だけが疲れてるみたいな顔するなんて恥ずかしいな。大丈夫なんで、次、呼んでください。毎回、仕事が遅くて迷惑かけちゃってますね。すみません」

京橋が気まずそうに頭を掻くと、高杉は屈託のない笑顔で言った。

「何言ってるんですか。先生は忙しくても手抜きをしないのがいいところですよ。残業は師長の仕事ですから、気にしないでください。じゃあ、あと四人、頑張って！」

我が子を励ますような口調でそう言って京橋の肩をポンと叩くと、高杉は次の患者を呼び入れるべく、ブースを出てロビーへと向かう。実際、もう社会人になった息子を持つ彼女にとって、若手医師は皆、まだまだヒヨッコなのに違いない。

「よし、頑張ってこ！」

自分自身に気合いを入れるべく、少しだけ勢いよくエンターキーを押して、京橋は次の患者を迎えるべく立ち上がった。

「はい、じゃあ、この封筒に検査結果と僕からの手紙を入れました。かかりつけの先生に、必ずお渡ししてください。ずいぶんお待たせしてしまって、すみませんでした」

そんな言葉で最後の患者を送り出し、京橋は両腕を思いきり上げて伸びをした。

「はい、お疲れ様でした！」

最後までつきあってくれた高杉が、入り口に立てた布張りのパーティションを脇に退《ど》けてブースに入ってきた。

「高杉さんこそ、お疲れ様でした。今日はホントに患者さんが多かったですね。花粉のやつも、いよいよラストスパートって感じだなあ」

「ホントにね。さ、先生、お腹空《なかす》いたでしょ。お昼に行ってらして」

そんなことを言いながら、高杉はテキパキと診療用ユニットの片づけを始めた。

このブースは数人の医師が交代で使うのだが、高杉はそれぞれの医師がよく使う薬剤や好む器具を覚えていて、それぞれが仕事をしやすいように微妙に配置を変えてくれるのだ。

高杉は、京橋がここに入る日だけセットする器具をホルダーから抜き取りつつ、「あら」と小さな声を上げた。

「京橋先生、そろそろ咽頭喉頭《いんとうこうとう》用の綿棒が少なくなってきましたね。まだしばらくお忙しいでしょうから、私が巻いておきましょうか？」

「ああ、ホントだ。鼻水が流れ落ちて、喉の粘膜が荒れる患者さんが増えたもんだから、たくさん使っちゃったんですね。いいですよ、俺、自分でやります」

「ホントに？　遠慮しなくていいんですよ。子供たちが巣立ってしまった今、年寄りが早く帰っても、旦那《だんな》の世話しかすることがないんだから」

「あはは、そんなこと言っちゃ、旦那さんが可哀想《かわいそう》ですよ。それに、洗浄をお願いしてるだけで十分手伝ってもらってます。綿は自分で巻いたほうが、加減がわかるんで」

京橋は少しヨレた笑顔でそう言った。

外来では、多くの医師は咽喉頭……つまり喉の粘膜に薬液を塗布するため、既製品の使い捨て綿棒を使っている。

だが、既製品に取りつけられたコットンは薬液を塗りやすいよう大きめ・丸めに成形されていて、それだと必要以上に広い範囲に薬液をつけてしまい、患者が不快感や違和感を持つことがある。

京橋はそれを嫌って、昔ながらのステンレスの棒に一本ずつ自分でコットンを巻きつけ、細めの特製綿棒を用意しているのだ。

高杉は感心した様子で、京橋が巻いた綿棒をつくづくと眺めた。

「私が若い頃は、ドクターは皆さんお好みの太さに綿棒を巻いたり、私たちに巻かせたりしたものだけど、今はそんな人、なかなかいませんよ。若いナースたちにも、そんな技術はもう教えていませんもの。京橋先生は、患者さん思いで偉いわ」

「おだてないでくださいよ。患者さん思いとか、そんなんじゃないんで」

自分もデスクの上を片づけながら、京橋は照れ笑いした。高杉は、不思議そうに首を傾《かし》げる。

「あら、患者さんのためじゃないんですか？」

「いや、もちろんそうですけど、出発点は自分の経験なんです」

「ご自分の経験？」

「はい。僕、赤ん坊の頃からアレルギー持ちなので、鼻炎だ中耳炎《ちゅうじえん》だって、よく近所の耳鼻科のお世話になってました。だけど僕は厄介な子供で、喉に何かが当たるとすぐ嘔吐《えず》いちゃうんですよ。今もそうなんですけど……うっ」

自分の子供時代の話をしていたのに、京橋は突然言葉に詰まり、片手で口を押さえて頬を赤らめる。

喉に何かが当たるとすぐ嘔吐く……という言葉のせいで、先日の、極めてプライベートな記憶が甦《よみがえ》ってしまったのだ。

ある夜、京橋は何かの拍子に茨木のために口での奉仕を思い立ち、「そんなことはしなくていい」と戸惑う彼の反応を面白がりながら実行に移してみた。

ところが、喉粘膜の鋭敏さゆえにあっという間に吐きそうになって、「だから言わんこっちゃない」と茨木の小言を食らいながら素っ裸で介抱される羽目になった……という情けない出来事を思い出し、自己嫌悪と羞恥《しゅうち》で心臓がバクバクしてくる。

まさかそんなことを京橋が回想しているなどとは想像だにしない高杉は、心配そうに京橋の二の腕に触れた。

「京橋先生？　どうかなさいました？　気分でも？」

「えっ⁉　あっ、い、いやあの、大丈夫です！」

ハッと我に返り、京橋は必要以上に背筋を伸ばし、淫靡《いんび》だか情けないのだかわからない光景を脳から追い出すべく、ぶんぶんと頭を振った。

そんな京橋の様子に、高杉はまた怪訝そうに、それでもホッとした顔つきで話の続きを促す。

「よかった、疲れすぎて気持ち悪くなっちゃったのかと思いましたよ。それで、子供の頃に先生が耳鼻科に通われてたってお話は……」

そこでようやく本来の話の内容を思い出した京橋は、片手でまだ熱い頬を扇《あお》いで冷ましながら、わずかに上擦った声で話を再開した。

「あ、そ、そうでした。耳鼻科！　そう、その耳鼻科、三人ドクターがいて、お爺《じい》ちゃん、お父さん、息子さんでやってたんですけど、お爺ちゃん先生のときだけは、喉に薬を塗られても、ちっとも気持ち悪くなかった。どうしてだろうって思ってたら、あるとき気がつきました。お爺ちゃん先生だけ、子供に合わせて極細に巻いた綿棒を使ってくださってたんですよ」

「ああ、なるほど」

高杉はポンと手を打つ。気持ちを落ち着かせるためにペンやハンコをケースにしまいながら、京橋はふと懐かしそうな目をした。

「自分が耳鼻科の医者になったとき、そのお爺ちゃん先生が僕の喉《のど》に薬を塗りながら、自慢げに言ってた言葉を思い出したんです。『必要な場所に、必要なだけの量の薬を塗る。だから、気持ち悪くも不味《まず》くもないだろが』って。なるほどなあ、僕は腕がまだまだだから、せめて道具だけでも工夫してみようって。それで古い綿棒を持ち出して、自分で綿を巻くようになったんです。ただ、後片づけの手間を増やしちゃって申し訳ないとは……」

「そういうことをフォローするのも、年寄りの仕事の一つですよ。手間要《い》りな作業は、私に任せといてください。じゃあ、これ」

高杉は笑顔で、滅菌済みの綿棒をたくさんステンレスのケースに入れ、パック入りの脱脂綿を添えて京橋に差し出した。

京橋も、それを笑って受け取る。

「はい。午後からは少し暇になりそうだし、今夜は楽しみもあるので、頑張って綿を巻いてきます」

「あら、やっぱり金曜日のアフターはデートですか？　昔みたいに花金なんて言葉は使わないみたいですけど」

滅多にプライベートなことは問わない高杉にズバリと訊かれて、京橋はつぶらな目をパチパチさせた。頬が、またしてもうっすら赤らむ。

「い、いや、そんな。デートだなんて。あの、消化器内科の楢崎先生、知ってます？」

高杉は薄化粧のふっくらした頬に手を当て、フフッと笑った。

「ああ、とってもハンサムで評判な先生でしょ。時々院内で見かけますけど、いつも背筋がしゃんと伸びてて、肩で風を切って物凄いスピードで歩いてらっしゃるわね。お知り合いなんですか？」

実に的確な楢崎のイメージに感心しつつ、京橋は説明した。

「アメリカに行ってたとき、お世話になったんです。先輩ですよ。その楢崎先生と一緒に花見に行くんです」

「あらま、なんだか意外な取り合わせ。お二人で？」

「い、いえ。その……お互いの……なんて言うか、パートナー？　と一緒に？　みたいなことで」

　さっきの不埒《ふらち》な記憶がまだ頭の片隅に残っているせいで、必要以上に恥ずかしい。不自然に語尾が上がってしまう京橋の照れように、高杉はクスクス笑った。

「なんですか、やっぱりデート、しかもダブルデートなんじゃないですか」

「ま……まあ、形の上では、そういうことになるかなあ」

「照れることでもないでしょ。若い人はそうじゃなきゃ。楽しんでらして」

　あっさりそう言い残し、高杉は柔らかそうな手を振ってブースから出ていく。

「ダブルデート……。そんな感じじゃないけど、そうなんだよなあ、実際。うう」

　熱い頬のまま小声で呟《つぶや》き、京橋は荷物を抱え、自分も診察室を後にした……。


　ピロリン！

　スマートホンが、メールの着信を知らせる。

　駅の改札前で夕暮れ空を見上げていた間坂万次郎は、ゴソゴソとジャケットのポケットを探り、スマートホンを引っ張り出した。

きちんとした店らしいから、それなりの服装をしろと楢崎に言われ、一張羅のスーツでドレスアップしてみたものの、着慣れないので、どうにも不格好である。

スマートホンも、本人は大事に使っているつもりなのだが、そそっかしさからしょっちゅう落としてしまって、あちこち傷だらけだ。

(あ、先生からだ)

開いたメールの差出人は、楢崎だった。本文はなく、表題に「ついた」と一言だけ。

この上なく無愛想だが、わざわざ駅に到着したことを知らせる律儀なメールでもある。

万次郎は、身体《からだ》ごと改札のほうを向いた。

大柄な彼なので、軽く背伸びするだけで遥か向こうまで見通すことができる。

電車が到着して、色々な服装の人々が波のように押し寄せてきた。仕事帰りとおぼしき人々が大半だが、いかにも今から遊びに出掛ける感じのウキウキした顔の人々もたくさんいる。

金曜日の夕刻らしい光景だ。

(先生、先生は、と……あ、いた!)

裸眼でも一・〇以上見えている万次郎の目は、改札機からかなり離れた場所から、楢崎の姿を確実に捉《とら》えていた。

これといって楽しそうではない、いつもの無愛想な面持ちで歩いてくる楢崎もまた、いっぱいに右腕を伸ばして手を振る万次郎に気づいたのだろう。照れ隠しか、ますます表情を険しくして足早に近づいてくる。

「先生、お疲れ！」

そんな楢崎の不機嫌顔におかまいなく、万次郎は改札機を通り抜けた楢崎に駆け寄った。

「……いつも言うことだが、あんなに手を振らなくても、お前の姿は嫌でも目に入る。ただでさえ目立つんだから、余計なことはするな」

満面の笑みの万次郎に向かって、楢崎はツケツケと小言を言った。ただしその声音には、どこか諦《あきら》めの響きがある。

待ち合わせのたびに同じ小言を繰り返しても、万次郎がいっこうに改めないので、言うだけ無駄だと思い始めているのかもしれない。

「だって、先生を見つけたら嬉《うれ》しくて、気がついたら手を振ってるんだもん。しょうがないよ」

万次郎も少しも悪びれずいつもと同じ弁解をして、楢崎の手から薄いバッグを取り上げた。楢崎もこれといってなんの感慨もなさそうに、万次郎にバッグを引き渡す。

最初の頃は、万次郎が荷物持ちをしたがるたび、「女扱いするな！」と怒っていた楢崎だが、外出のたびに同じことを繰り返され、いつしか慣れてしまったらしい。

おかげで両手が空いた楢崎は、荒っぽい手つきで万次郎のネクタイに手をかけた。さすがに改札前で解いて結び直すことはしないが、指先でささっと整えるだけで、さっきまでの不格好な結び目が、どうにか見られる状態に落ち着く。

「相変わらず、ネクタイを締めるのが下手だな、お前は」

連発される小言にも少しも恐縮する様子を見せず、万次郎はあっけらかんとした笑顔で弁解した。

「だって俺、スーツなんて滅多に着ないもん。ネクタイの結び方を思い出すだけで精いっぱいだったよ。それより先生、店の場所わかる？　俺もだいたいの見当は……」

「わかる」

万次郎に皆まで言わせず、楢崎は駅前商店街のほうを指した。

「さっき電車の中で、場所はチェックしておいた。商店街を抜けて、川沿いを下るだけだ。そうややこしそうではなかったぞ」

「そっか。じゃあ、先生についていこう」

ニカッと笑って、万次郎は楢崎と肩を並べて歩き出した。

本当は万次郎もここに来る前、会食会場の場所を地図できっちりチェックしてきたのだが、それは言わずにおく。

こうして二人で出掛けるとき、道のりや交通機関を調べたり、スケジュールを立てたりするのは、たいてい楢崎のほうだ。

「お前が頼りないから、俺の仕事が増える」とことあるごとにこぼす楢崎だが、その手の几《き》帳面《ちょうめん》な作業が決して嫌いではないらしく、どこへ行くにも、よく見ると楽しげな顔で下調べをしている。

それは、こうした近場での食事会でさえも同様らしい。

ここで「俺も調べてきた！」と万次郎がアピールしたところで、楢崎の興を削ぐだけだろう。大雑把に見えて、万次郎はけっこうその手の配慮をするタイプである。

やはり定食屋でずっと働き、接客業をこなしているだけあって、人の心の機微には案外敏《さと》いのだ。

そういう遠慮をすることでストレスを溜めるのであればよくない癖だろうが、万次郎にとっては、ちょっと得意げな楢崎の顔を見るのが純粋な楽しみなので、ストレスになりようがない。

「俺、この駅で降りるの初めて。先生は？」

商店街のアーケードの下を歩きながら、万次郎は両側の店をキョロキョロと見回した。

最近では寂れた商店街も多いが、今いる場所は、小規模ながら店のバラエティが豊かで、シャッターが下りたままの店は見当たらない。

昔ながらの青果や鮮魚、精肉を売る店に交じって、いかにもお洒落《しゃれ》なケーキ屋やドーナツ屋、和洋中様々な惣菜《そうざい》を売る店、持ち帰りの寿司屋やお好み焼きの店、昭和な感じの喫茶店などが建ち並び、あちこちから魅力的な香りが漂ってくる。

時刻が夕飯時なこともあって、夕食の食材や、帰ってすぐに食卓に並べられる惣菜を買い求める客も多いのだろう。商店街は人出が多く、どこを見ても活気に溢れていた。

楢崎も、興味深そうにあちこちに視線を巡らせた。

「俺も、ここには初めて来たな。賑《にぎ》やかで感じのいい場所だ。食事に来たのでなければ、何か買って帰りたいような気分になる」

「だよね！　さっきからコロッケのすっげーいい匂《にお》いがするんだ。ほら、あそこ。一個くらい食っても大丈夫だと思うんだけどな～」

いかにも物欲しそうにそう呟く万次郎の視線は、ひときわ目立つ精肉店の店頭に注がれていた。店舗の前にフライヤーを持ち出し、いかにも肝っ玉母さん風の女性店員が二人、元気よく客を呼び込みながらコロッケをどんどん揚げ、手際よくパックに詰めて、行列を作る客たちに手渡していく。

遠目にも、カリッと揚がったきつね色のコロッケは魅力的で、万次郎はゴクリと生唾《なまつば》を飲んだ。

「買っちゃおうかな！」

だが楢崎は、今にも行列に加わりそうな万次郎にザックリと釘《くぎ》を刺した。

「確かにお前ならコロッケ一つくらいなんでもないんだろうが、やめておけ」

「うう、やっぱ駄目?」

「今夜は中華だろう? 万が一、量が多かった場合、お前の胃袋だけが頼りだぞ。それに、初めて行く店だ。できるだけ空腹で行って、最大限に美味《おい》しく食べられるようにしておくのが店と料理人への礼儀というものだろうが」

ちょっとしょんぼりした万次郎だが、楢崎の言葉の後半部分に感じるものがあったらしい。納得のいった笑顔で「そっか!」と頷いた。

「それもそうだよね! 茨木さんの選ぶ店はいつも面白かったりオシャレだったりするから、俺、今日も楽しみなんだ」

そんな万次郎の賛辞に、楢崎は鬱陶《うっとう》しそうに鼻筋に皺《しわ》を寄せつつも、小さく頷いた。

茨木を褒めたくはないのだが、彼の美点や優れているところについては素直に認める。そんな楢崎の奇妙な実直さが、万次郎は大好きである。

「あ、もちろん、先生が連れてってくれる店もすっげー好きだよ、俺」

「……馬鹿、変なところで気を回すな。茨木と張り合う気はないぞ」

そっぽを向いたまま楢崎は吐き捨てたが、その整った顔が、左右非対称に歪《ゆが》んでいる。わりに本気で気分を害している証拠だ。

共に暮らすようになって毎日顔を合わせていると、表情のごく小さな変化から、感情の動きが感じ取れるようになる。そんなこともまた嬉しくて、万次郎は開けっぴろげな笑顔で言った。

「そりゃそうだよ。先生は俺の特別だもん。誰とも比べられないよ」

「なっ……」

「茨木さんはいい人だけど、俺にとっては先生が世界一可愛くて世界一綺麗で世界一賢くて、世界一かっこいいからねっ」

「お、おい、やめろ。何を馬鹿なことを言ってるんだ」

人混みの中で堂々と惚気《のろけ》る万次郎に、楢崎は狼狽《ろうばい》して形のいい眉尻を跳ね上げる。だが、楢崎が怒り出す前に、万次郎はサラリと続けた。

「はあ、だけど、見れば見るほど、どの店のお惣菜も旨そう。タケノコご飯に、アサリご飯に、ほら、焼き穴子にポテサラに薩摩《さつま》揚げ……あっ、おでんに寄せ豆腐もある！」

目を皿のようにして、店の表に並べられた惣菜の数々を吟味しながら歩く万次郎に、楢崎は仏頂面のままでボソリと言った。

「確かに旨そうだが、ああした惣菜は、目のご馳走《ちそう》に過ぎないな」

「ええっ？　まだ食べてないのに、そんなこと言っちゃ悪いよ。てか、すっげー旨そうなのに、どうして？」

「食うまでもない」

不思議そうな万次郎の、自分よりほんの少し高いところにある顔を見上げて、楢崎はつっけんどんに断言した。歩きながらの会話といえども、うっかり店員に聞こえてしまわないかと、万次郎はオロオロして言葉を返す。

「そ、そんなあ」

だが、楢崎は、やはり素っ気なくこう続けた。

「当たり前だろう。不特定多数のために作り置きされた惣菜より、俺の好みと食う時間に合わせてお前が作った料理のほうが旨いに決まっている」

「！」

「お前の飯が食えるのに、出来合の惣菜を買う必要はどこにもなかろう。今、目で楽しみながら歩くだけで十分だ」

予想もしなかった嬉しい言葉を唐突に投げかけられて、さすがの万次郎もつんのめるように足を止め、いっぱいに目を見開いて固まってしまう。

チラッと振り返り、そんな万次郎の間抜け面を見た楢崎は、メタルフレームの眼鏡を押し上げ、ちょっと意地悪く口角を吊り上げた。

「さっきの仕返しだ。……何をしている。遅刻するわけにはいかん。さっさと行くぞ」

「ちょ、仕返しって」

万次郎はぼうっと頬を赤らめ、絶句した。

万次郎にとって、さっきの悋気《のろけ》は悪戯《いたずら》ではなく、まったくの本気だ。あの程度では、まだまだ楢崎を好きな想いを表現しきれていない。

それに加えて、今の楢崎の言葉も、万次郎にとっては「仕返し」などではなく、特に理由もなく与えられた棚ボタの「ご褒美」である。

（もう、先生はわかってないなあ。あんないじめっ子みたいな顔して、俺が最高に喜ぶことをさらっと言っちゃって。俺を喜ばせただけだよ！）

呆然《ぼうぜん》としていた万次郎の顔に、ゆっくりと笑みが広がっていく。

楢崎はいつもの早い歩調で歩き続け、一度も振り返らない。しかし下ろした右手の指だけが、「早く来い」と言いたげに軽く曲げ伸ばしされる。

そんな仕草すら愛《いと》おしくて嬉しくて、万次郎は今度こそ、無邪気に破顔した。

「先生、待ってよ！　置いてかれたら、俺、遭難しちゃうよ〜！」

元気のいい万次郎の声に、道行く人々が振り返る。ますます歩みを速める楢崎に本気で置いていかれないよう、万次郎は小走りに後を追いかけた。


「そろそろ、かな」

腕時計に視線を落とし、茨木畔は呟いた。

午後六時五十三分。

待ち合わせは七時なので、じきに残りのメンバーが到着するはずだ。

今回、食事会の幹事を引き受けた茨木は、少し早めに集合場所の店に来ていた。

一年に一度、しかもほんの数日しか保《も》たない桜の花を楽しむ方法は、幾通りもある。風流に屋形船、あるいは料理にも桜そのものや、桜の器を取り入れた懐石料理などが定番としてふさわしいだろうか、それとも華やかにイタリアンでも……とあれこれ思いを巡らせたが、考えに考えて彼が選んだのは、予想外にも中華料理だった。

しかも、普段は恋人である京橋の意見を聞き、二人ともが気に入っている店にすることが多いが、今回は違う。この店に京橋を連れてきたことは一度もないし、そもそも茨木自身、ここを訪れるのは二回目だ。

最初にこの店に来たのは、確か三年以上前、仕事の上でつき合いのあった医師が勤務先の病院を定年退職するときだった。本人主催の記念食事会がこの店で開かれ、茨木も招待を受けたのである。

初めて訪れたとき、茨木は店の前でプリントアウトした地図を片手に数分間も、中に入るのを躊躇《ちゅうちょ》したものだった。

それもそのはず、店は川沿いの閑静な住宅街にある、ごく普通の一軒家なのだ。玄関には看板どころか、店名を記したプレートすらない。

勇気を出して杉の引き戸を開けても、現れるのは、いかにも昭和の趣を残した古き良き日本家屋の玄関と、そこに続く丸い飛び石で、どこを取っても中華料理のレストランには見えない。

後ろから店の常連の医師がやってきて、「どうしたんだ、茨木君」と声をかけてくれなかったら、茨木はさらに数分、玄関の引き戸を開けるのを躊躇《ためら》っていただろう。

実はこの店は、かつて有名中華料理店で腕をふるっていた料理人が、引退後に老後の趣味として始めた、会員制の隠れ家レストランである。

受け入れる客は一日一組だけ、しかも、かつての店の常連客か、彼らが紹介した人の予約しか受けないという敷居の高い店だが、その代わりリーズナブルな値段で、店主が存分に楽しんで腕をふるった極上の料理が楽しめるという寸法だ。

花見の会食場所をあれこれ考えていたとき、この店のことをふと思い出した茨木は、すぐに前回来たときにもらった店のカードを探し出し、電話をかけてみた。

その店にかつて招いてくれた老医師の名前を出すと、店主はすぐに、「ああ、あの先生に招待されるような方なら、改めてのご紹介がなくても」と、快く予約を受けてくれた。

(やっぱり、ここにしてよかったな)

窓から外の景色を眺めつつ、茨木は満足げに小さく頷いた。

客室は二階のこぢんまりした洋室なのだが、大きな掃き出し窓からは、川沿いのライトアップされた桜並木がよく見える。以前の食事会で満開の桜を楽しんだのを思い出したことが、この店を選んだ理由の一つだった。

残念ながら、今日は満開には一日ほど早いようだが、茨木自身は満開よりも、七分か八分咲きの桜のほうが好きである。

満開の桜は、あとは散るだけだと思うとなんとなく物寂しい。それよりは、もうすぐ盛りを迎えるという上り調子の桜のほうが、心安らかに見られる気がするのだ。

控えめなノックの音に「どうぞ」と声をかけて振り返ると、オーナーシェフの妻であるこの店のマダムが、悪戯っぽい笑顔で扉を開けた。

「テーブルセッティングは、これでよろしいかしら？　お花見の会だとお聞きしたから、外の桜を主役にしたほうがいいと思って。お部屋の中には、あえてお花を生けていないんです。でも寂しくはないでしょう？」

「……ああ、そういえば」

茨木は、感心したように頷いた。

前回来たときには、定年退職祝いということもあり、金屏風《きんびょうぶ》や豪華な花が室内に飾られていたが、今日は、桜色のクロスがかかった円卓と黒檀《こくたん》の椅子、それに給仕用の細長いテーブル以外、余計なものは何もない。

その代わり、どの席からも桜がよく見えるよう、大きな円卓の、窓のほうを向く側だけに椅子が並べられ、食器が調《ととの》えられていた。

「お気遣い、ありがとうございます」

さりげない気配りに茨木が感謝すると、ワンピースの上にパリッとした白いエプロンを着けた小柄なマダムは、孫に近い年齢である茨木の顔を見上げ、ニッコリした。

「どういたしまして。今夜はお料理をコース仕立てで色々お出しするんだけど、いい干しアワビが入ったから、メインにはおひとりに小さいのを一つずつ、柔らかく煮たのをどうかしら。前のときも、アワビは召し上がった？」

茨木は、記憶をたどりながら答える。

「ええ、確か。シャキッと炒《いた》めた青梗菜《チンゲンサイ》を添えて、白地に藍《あい》で模様の入った綺麗なお皿に盛りつけてあったような……」

「そうそう、よく覚えててくださって嬉しいわ。煮たアワビには、そのお皿が定番なのよ。今夜もそうしてお出ししましょうね」

「楽しみです」

礼儀正しく、茨木は答える。

茨木の顔は端整だが、楢崎とは系統がまったく違っていて、厳しさや威圧感というものには無縁な柔和な顔立ちである。

まともに話をするのは初めてだが、茨木の穏やかな物腰に、マダムもリラックスした口調でこうつけ加えた。

「ああそうそう、あと、ご希望の特別料理も、ちゃんと用意していますよ」

「ああ、すみません。予約を取って伺うのは初めてなのに、いきなり料理のリクエストをしたりして、失礼しました。マスターがお気を悪くなさるんじゃないかと心配したんですが」

本当に申し訳なさそうに謝る茨木に、マダムはヒラヒラとかぶりを振って笑った。

「いいえ、とんでもない。むしろマスターは大張り切りですよ」

「本当ですか?」

「ええ。だって、『前に食べたのが凄く美味しかったし、とても感銘を受けた料理だったのでまた食べたい』なんて、最高の褒め言葉じゃありませんか。前より旨いのを出すって豪語してました」

「それは……さらに楽しみだな。ありがとうございます。マスターに、よろしくお伝えください」

「ええ、他の皆さんにも気に入っていただけるといいんだけど」

マダムがそう言ったとき、階下から澄んだ音が聞こえた。

玄関に置かれた、ガラス製の呼び鈴の音だ。二人は顔を見合わせる。

「あら、お連れ様がお着きみたい。お迎えしてきますね」

「よろしくお願いします」

軽いお辞儀でマダムを送り出し、茨木は再び、腕時計を見た。

午後六時五十八分。待ち合わせ時刻に少し遅れてくるのが礼儀という地方もあるようだが、茨木としては、定刻通りに宴を始められるほうが好もしい。特に、こういう自分たち以外に客がいない場合はなおさらだ。

階段を登ってくる足音と共に、入るのを躊躇っていたところで楢崎たちが来てくれてよかったと語る京橋の声、それに商店街で惣菜の誘惑に打ち勝ってきたと話す万次郎の声が聞こえる。

どうやら他の三人は、ほぼ同時に店に到着したらしい。

「さて、この店が気に入ってもらえるといいんだけどな」

そう呟くと、茨木はジャケットの裾《すそ》を伸ばした。そして他の三人には、着席してから素晴らしい景色を見せて驚かせてやろうと、チェシャ猫のような笑顔でカーテンを素早く引いたのだった……。

＊　＊

「はー、美味しかった」

皿に残った煮アワビのソースをふかふかのマントウで拭《ぬぐ》って平らげ、茨木の隣で、京橋は満ち足りた声を上げた。

その向こうにいる万次郎と楢崎の皿も空っぽだ。どうやらオーナーシェフ渾身《こんしん》の煮アワビは、皆を大満足させたらしい。

万次郎は、軽く興奮した口調で、回転台の上に残った料理の数々を眺めて口を開いた。

「アワビも旨かったけど、他のも全部旨かったな〜。前菜の蒸し鶏《どり》はしっとりしてたし、伊勢エビのサラダ、最高だった。エビの炒め物も、卵の皮で巻いた春巻きも、黒酢の酢豚も、フカヒレスープも、あとなんだっけ、とにかく全部旨かった！」

楢崎も、相変わらずクールな態度ながら、いつになく穏やかな表情を茨木に向ける。

「確かに、どれも驚くほど上質な食材を、あっさり料理してあったな。茨木、本当に最初に聞いていた予算で大丈夫なのか？　とてもそんな値段で食べられるような料理ではなかったが」

うるさ型の楢崎から引き出せる最高レベルの賛辞を受けて、茨木はちょっと自慢げに頷いた。

「ええ、大丈夫ですよ。ここはシェフの趣味の店なので。満足していただけたなら、お帰りのとき、シェフに率直なお褒めの言葉を……」

「努力しなくても、いくらでも褒め言葉は出てきそうだ。それに、いい店だな。最初、中華料理と聞いたときは意外だったが、こういう店なら大歓迎だ。味つけがあっさりしていて胃もたれしないいし、静かで環境もいい。今夜は十二分に満足した」

いかにももう食事が終わったような楢崎の口ぶりに、茨木は軽く片手を上げた。

「ああいえ、コースはまだ終わりじゃないんです。実は最後に、僕が特別にお願いした料理がありまして」

「まだあるの？　俺、結構腹いっぱいだよ？　デザートとか？」

京橋は片手をみぞおちに当て、楢崎も頷いたが、茨木はキッパリ言い返した。

「いいえ、デザートの前に、もう一品だけ。たとえ一口だけでも、食べていただきたいんです。どうしても、今日の食事会の締めにしたい料理なので」

「それはいったいなんだ？」

楢崎が訝《いぶか》しげに首を傾げたとき、実にタイムリーにノックの音がして、マダムが青磁の大皿を載せたワゴンを押し、部屋に入ってきた。

途端に、芳ばしい香りが部屋に立ちこめる。

「はい、お待たせしました。本日の最後の特別料理ですよ」

そんな言葉と共に回転台の中央に置かれた皿の上には、麵《めん》料理がこんもりと盛りつけられていた。

見たところ、焼きそばのようだ。

それも日本の焼きそばと違って細くて平たい麵を使い、それを干しエビ、椎茸《しいたけ》、豚肉、葱《ねぎ》、それに韮《にら》と炒め合わせてある。

オイスターソースをはじめ、様々な調味料やスープを使っているのだろう。とても複雑で豊かな香りがするが、正直なところ、「特別料理」というほどのものには見えない。

それまでに供された料理の食材のほうが、フカヒレ、干しアワビ、伊勢エビ、有頭エビと、遥かに贅沢《ぜいたく》に思える。

茨木以外の三人の顔に浮かんだクエスチョンマークに、マダムはクスッと笑って茨木に言った。

「それじゃ、説明はお任せしてもいいのかしら？」

「はい、間違えないよう、皆に伝えます」

茨木が請け合ったので、マダムはそのまま退室してしまった。

奇妙な沈黙が、室内に訪れる。なんとも微妙な顔つきで焼きそばを眺める三人のうち、口火を切ったのは京橋だった。

「茨木さん、これがマジで特別料理？　どうしても、締めに食べてほしかったって、ホントにこれ？」

「ええ、そうですよ」

茨木はにこやかに頷く。万次郎も、遠慮がちながらストレートに疑問を口にする。

「確かに旨そうな匂いがしてるけど、具はそんなに多くないし……何が特別なの？」

「取り分けながら、ご説明しましょう」

ちょっともったいぶってそう言うと、茨木は席を立って長い菜箸《さいばし》を手に取り、焼きそばをその箸で慎重に持ち上げた。

「ほら、見てください。この麺、とても長いでしょう？」

おお、と三人の口から同時に声が上がる。

確かに、うんと高く箸で持ち上げても、麺はまだまだ皿の上でとぐろを巻いている。

「これは、長寿麺という料理なんです。あちらの国では、誕生日や特別なお祝いの機会に食べるものだそうです」

楢崎はそれを聞いて、軽く眉根を寄せる。

「おい、今夜は別に、誰の誕生日でも、祝いの日でもないだろう？」

「ええ、そうではないんですが、僕としては、今日のお花見にお祝いの意味も込めたいと思っていまして。ですから、特にこの料理をリクエストしました。こうして、長い長い麺を切らないようにお皿に取ることで、皆さんの健康長寿を願うんです」

「……あ」

そんな茨木の、妙にしみじみとした思いのこもった言葉に最初に反応したのは、やはり恋人の京橋だった。

「茨木さん、お祝いって、もしかして」

驚きと、納得と、切なさと……他の様々な感情が入り交じった複雑な顔つきで、京橋は茨木の笑顔を見上げる。楢崎も、「まさか」と呟くように言った。

「ええ、ご想像のとおりです。僕は今日、こうして四人で美しい桜を見て、美味しい料理を一緒に食べられることをお祝いしたいんですよ。そうできなかった可能性が、少なからずあったわけですから」

そんなことを言いながら、茨木は器用に麺を取り皿に盛りつけ、まずは万次郎に差し出した。

「あ……ありがとう、ございます」

珍しく神妙な面持ちで万次郎は立ち上がり、賞状でも授与されるように、両手で恭しく皿を受け取る。

次に楢崎のために、それから京橋のために麺を取り分け、最後に自分の皿に残った麺を綺麗にさらえると、茨木は立ったままで再び静かな声で言った。

「二月、三月と、僕たちには大きな事件がありました。ひとつ間違えば、僕か間坂君が、あるいは二人ともが、ここにいなかったかもしれません」

万次郎の顔を見下ろし、どこか改まった口調で、茨木はそんなことを言い出した。他の三人も、さっきまでの和やかな雰囲気はどこへやら、真剣な表情で小さく頷いた。

「そうなっていたら、楢崎先生と京橋先生は、いったいどんな気持ちで今年の桜を見ただろう。想像しただけで、胸が苦しくなります。その……改めてその節は、ご心配をおかけしました」

「お、おかけしましたっ」

弾《はじ》かれたように万次郎も再び席を立ち、楢崎と京橋に順番に頭をペコリと下げる。京橋は、なんともいえない困り顔で肩を竦《すく》め、楢崎を見た。

「ホントだよ。二ヶ月立て続けで、死ぬほど心配した。……ねえ、楢崎先輩」

「……まったくだ。過ぎたことだし、お前たちに咎《とが》があることではないから、もう蒸し返すつもりはなかったが、当事者が言い出したんだからかまうまい。お前たち二人には、徹底的に生活を掻き乱された。実に迷惑した」

楢崎も渋い顔で腕組みし、まずは万次郎を、それから茨木を軽く睨《にら》む。だが不機嫌な声のまま、楢崎はこう続けた。

「だが、追悼《ついとう》の桜にならずに済んで本当によかった。確かに今夜、こうして四人で他愛ない話をし、旨いものを食って笑っていられるのは幸いだ。祝う価値は、大いにあるな」

そう言って立ち上がると、楢崎は窓際に歩み寄った。残りの三人も、無言のまま彼に倣う。

大きな窓の前に四人で並んで立つと、ちょうど真ん前に満開の桜が見える。下からＬＥＤの冴《さ》え冴《ざ》えした光で照らされているせいで、桜の花は昼間に見るよりずっと神々しく、ふんわりした雲のようだった。

「人生には、色々な落とし穴があると思い知らされました。共にあることを当たり前だと思ってはいけない、そう痛感しましたよ」

静かな茨木の声に、京橋は小さく頷く。楢崎に見えないように、京橋の指が、茨木の指先をそっと握る。

万次郎も、なんだか泣きそうな顔で楢崎を見た。

「俺も……今さらだけど、何度でも言わなきゃ。ごめんな、先生」

「…………」

楢崎は何も言わず、しょぼくれた万次郎の頭を軽くはたく。

だがそのわずかな痛みには、非難ではなく、労りの感情が含まれているように、万次郎には感じられた。

「乾杯して、ありがたく長寿麺をいただくとするか。四人で揃《そろ》って桜を見られた好運に感謝し、互いの健康を祈って」

何かを振り切るような楢崎の言葉に、他の三人も深く頷いた。そして、ほんの二ヶ月前から立て続けに起こった二つの大事件に思いを馳《は》せつつ、夜桜に背を向け、テーブルに引き返したのだった……。

二章　手の届かない場所で

それは、寒さ厳しい二月初旬の、金曜日の夜のことだった。

自宅リビングのソファーでうとうとしていた京橋は、玄関の扉が閉まる音で目を覚ました。

「あれ……？」

横になってテレビで映画を見ていたはずが、いつの間にか寝入ってしまっていたらしい。

確か寝入る前は、所属していた組織から追われて絶体絶命だったはずの元スパイは、今、南国リゾートのビーチで、水着の美女と熱いキスを交わしている。

「な……何があったんだ……？」

流れ始めたエンドクレジットを呆然と眺め、京橋は力なく頭を振った。

事の次第はさっぱりわからないものの、序盤の緊迫感とシリアスな空気からは想像もできないほど、お気楽なハッピーエンドである。

京橋はのろのろと身を起こし、テレビの電源を切った。

くの字になって寝ていたせいで、腰が鈍く痛む。立ち上がり、呻《うめ》きながら身体を伸ばすと同時に、茨木がリビングに入ってきた。

室内はエアコンが効いて暖かいが、茨木が連れ帰った真冬の冷気が、京橋の頬をさらっと掠《かす》める。

「お帰り。お疲れさん」

声をかけながら、京橋はチラと壁掛け時計を見た。時刻は午後十一時三分である。

パジャマ姿の京橋を見て、茨木は眼鏡の奥の柔和な目を細め、歩み寄ってきた。

「ただいま。もしかして、寝てました?」

前衛的な寝癖がついてますよ、と言いながら、茨木の骨張った手が京橋の髪を梳《す》く。京橋は、くすぐったそうに首を竦めた。

「テレビ見ながら待ってるつもりが、いつの間にか寝ちゃってたみたいだ」

「おやおや。いくら室内でも、カーディガンも着ないのでは風邪を引きますよ。眠かったら、先に寝ていていいのに」

そう言って茨木は京橋から手を離すと、ソファーの端っこにバッグを置いた。ロングコートとジャケットを脱いでその上に置き、ネクタイを緩めてワイシャツのいちばん上のボタンを外す。

いつもと変わらぬ穏やかな表情だが、それでも酷く疲れていることがわかる茨木の様子に、京橋は心配そうに問いかけた。

「俺は平気だよ。花粉症がチラホラ始まってるから、仕事的には戦《いくさ》の前って感じではあるけど、まだまだ余裕あるし。茨木さんこそ、大丈夫か？　ここんとこ、いつになく激務っぽいし。今日、晩飯は？」

「プロジェクトのみんなで、買ってきた弁当で済ませましたよ。あなたは？　ちゃんと食べました？」

「俺は駅前で牛丼」

「確か、昨夜《ゆうべ》はオムライスにしたと言ってましたよね？　圧倒的に、野菜が足りませんよ」

疲労困憊《こんぱい》なくせに自分の健康を案じる茨木に、京橋はちょっと膨れっ面で子供じみた抗弁をした。

「何言ってんだよ、牛丼にはタマネギが入ってるし、白菜の漬け物も食べたし、オムライスにはタマネギに加えてマッシュルームと人参も入ってた！　ケチャップはもともとトマトだし！　それよか、自分のことを心配しろよな。酷い顔色だぞ」

「おや、そうですか？」

とぼけた顔で頬に手をやる茨木だが、その頬からは、ここしばらくで明らかに肉が削げてしまっている。

「そうだよ。お茶淹《い》れてやるから、着替えてこいよ。それともちょっと休憩して、そのまま風呂入ったほうがいいかな」

「そうですね。とりあえずは休憩させてもらおうかと。……お茶、できたら、熱いのがありがたいです」

「おっけ。座ってろよ」

そう言い残して、京橋はキッチンに立った。やかんに水を入れて火にかけてから、チラとリビングのほうを見る。

茨木は、さっきまで京橋が寝ていたソファーに腰を下ろし、両足を床に投げ出していた。いつもきっちりしている彼にしてはずいぶんだらしない座り方だし、虚空を見ている目つきは虚《うつ》ろだ。

(よっぽど疲れてんだな。いつもなら茨木さん、俺がお茶淹れるって言っても、自分でやるって返すもん。俺に任せること自体、すでに珍しい……)

声をかけるのも憚《はばか》られるほどくたびれきった茨木の様子に、京橋は眉を曇らせた。

ここ三週間ほど、茨木はとても忙しそうにしている。

帰宅は毎日午後十時を過ぎてからだし、幾度かは終電を逃し、タクシーで帰ってくることもあった。

週末出勤もあり、自宅で夕食を食べられたことは、三週間で二度しかない。

家にいるときは、ずっと考え事をしているか、ぼんやりしているか、さもなくば死んだように寝ている……それが、最近の茨木の姿である。

お互いに守秘義務が厳重な職業柄、自宅ではあまり仕事の話はしないので、京橋は茨木が今、どんな業務にかかわっているか知らない。

しかし、製薬会社でも特に、茨木が所属しているサプリメント研究開発部は、新製品の開発や従来製品の改良を短いスパンでやり続けなくてはならない、ハードな部署だということを茨木から聞いている。

きっとここしばらく、プロジェクトが上手く回っていないのだろう。リーダーを務める茨木は、メンバー全員の仕事に責任を負う立場だ。きっと、京橋には予想もできないような重圧に耐えているに違いない。

いつも飄々《ひょうひょう》としている茨木が、余裕のある態度を保ちきれないほど疲労しているというのに何もしてやれないのが歯痒《はがゆ》くて、京橋は小さな溜め息をついた。

そして、せめて美味しいお茶で恋人を労《ねぎら》ってやるべく、カップボードから、いただきもののとっておきの紅茶の缶を取り出した。

「お待たせ」

トレイを持った京橋が控えめに声をかけると、いつしか目をつぶっていた茨木は瞼《まぶた》を開き、

「ああ、すみません」と、ずり落ちかけてきた身体を両手で支えながら、深く腰掛け直した。それだけの動作が、どうにも億劫《おっくう》そうだ。

「ごめんな、遅くなって。眠い？」

京橋は茨木の隣に腰を下ろし、トレイに載せてきたマグカップ二つのうち一つを茨木に差し出した。

「正直、少し眠いですね。帰りの電車では、座るなり寝落ちしてしまって、あやうく乗り過ごすところでした。いつもはスマホのアラームをバイブでかけてから寝るんですが」

「ええっ、大丈夫かよ？　ほら、熱いから注意して」

「大丈夫ですよ。ありがとうございます」

相変わらずいささか丁寧すぎる口調で礼を言い、茨木はマグカップを慎重に両手で受け取る。

茨木は京橋より年上だし、もはや同居する仲なのだから、もっとフランクに話してもいいようなものだが、茨木はつき合い始めの頃からずっと、この話し方を変えようとしない。

以前、京橋がいわゆる「タメ口」で話してはどうかと提案したとき、茨木は真面目な顔でこう説明した。

製薬会社に勤務している以上、医療関係者と知り合う機会は多い。

特に医師と話をするときには立場上、たとえ相手が年下でも、茨木は敬語で話すことになる。それはもし、仕事関係で京橋と会い、話す機会を得た場合も同様だ。そうしたときにしくじらないよう、京橋が嫌でなければ、話し方はこのままにしておきたい。

ついでにいえば、自分としてはこの話し方が標準なので、特にかしこまっているとか、他人行儀に振る舞っているというわけではないので、理解してもらえたら嬉しい……と。

あまりにも淡々と、かつ理路整然と説明されてしまったので、反論する理由も特に見つからず、京橋は茨木の丁寧口調を受け入れざるを得なかった。

最近ではすっかり慣れてしまって、違和感や寂しさを覚えることもない。

「それだけ疲れてるんだよ。夜もあんま眠れてないだろ、最近」

「おや。ばれてましたか」

冗談めかして応じる茨木を、京橋は軽く睨む。

「当ったり前！　隣で寝てんだぞ。モゾモゾ何度も寝返り打たれちゃ、目が覚めるって」

「それは……！　すみません、僕のせいで、あなたまで寝不足にしてしまった」

「言えばそうやって気にするだろうと思ってたから、何も言わなかったんだよ。眠れないの、考え事してるせいか？」

問われて、茨木はマグを持ったまま、曖昧《あいまい》に頷いた。

「ええ、まあ。といっても、あなたとのことじゃないですよ。仕事のことです」

京橋はムスッとした顔で即座に言い返す。

「んなことは言われなくてもわかってる。最近帰りが遅いし、帰ってからも、休みの日にも、茨木さんのスマホにあからさまに仕事関係の電話がしょっちゅうかかってくるしさ」

「……はい」

「ずっと、気にはしてたよ。だけど茨木さんの仕事はサプリの研究開発だから、部外者に話せないことだらけなんだろ？　だから、あれこれ言って、逆に変なプレッシャーかけないようにと思って、あえて黙ってたんだ」

「そりゃ嬉しいな。ずいぶんと気遣われてますね、僕」

「当然だろ！」

ちょっと怒って言い返す京橋に、茨木は本当に嬉しそうな顔でマグカップに鼻を近づけた。湯気を深く吸い込み、ゆっくり息を吐いてから、中身を一口飲む。

「ミントミルクティーですか」

京橋は、まだ微妙な不機嫌を童顔に残したままで頷く。

「ミントでちょっとは気分がスッキリするかなと思って。でも、そのままじゃ胃に悪いからミルク入れて、少し甘いほうが元気出るかと思って、ちょっとだけ砂糖入れた」

そんな説明を聞きながら、茨木はもう一口、爽《さわ》やかなペパーミントの香りが甘いミルクで優しくくるまれた紅茶を飲み、それからマグカップをコーヒーテーブルに戻した。

面長の顔に澱《おり》のように蓄積していた疲労が、今はほんの少し薄らいでいる。

だが京橋は、茨木の反応に少し不安げになった。

「なんだよ、口に合わなかった？　それともミントティーの気分じゃなかったか？」

「いいえ、そんなことは」

「じゃあ、なんで二口だけ……えっ？」

京橋の質問が完結しないうちに、茨木は京橋の手からもマグカップを取り上げ、テーブルに置いてしまった。

それから彼は、優しいが有無を言わせない強引さで、京橋を抱き寄せた。上半身を中途半端に捻《ひね》る姿勢でギュッと抱き締められ、京橋は面食らって目を白黒させる。

茨木の肩に当たってセルフレームの眼鏡が斜めにずれてしまったが、両腕を茨木の腕で縛《いまし》めるように抱かれて、直すことすらできない。

「い、茨木さん？」

息苦しそうに呼びかけられた茨木は、京橋の首筋に顔を埋《うず》めて、肺が空っぽになるほど深い息を吐いた。

長身の身体から、ゆっくりと力が抜けていくのがわかる。茨木の腕が幾分緩んだおかげでようやく自由になった両手で、京橋は茨木の広い背中をポンポンと叩いた。茨木は素直に、京橋に体重を軽くかけてくる。

いつもは自分の弱みを見せることを極端に嫌い、むしろ京橋を甘やかすほうにばかり熱心な茨木が、自重しつつも京橋に甘えている証拠だ。

「どうした?」

滅多にないことに戸惑い、極端にシンプルになってしまった京橋の問いかけに、茨木はやけにしみじみした口調で答えた。

「愛されているなあ、と」

「は?」

「だって、そうでしょう?」

京橋のパジャマの肩に頭を預け、茨木は幸せそうに微笑《ほほえ》んだ。京橋は対照的に、困惑顔で問い返す。

「何がさ?」

「僕がヘトヘトになっているのに気づいた日、すぐ『どうした』と訊《たず》ねてさえいれば、僕が理由を話そうと話すまいと、あなたは僕を案じていると表明することができたし、僕のせいで、平穏な生活が損なわれていると伝えることができた」

「……できたら、なんだっていうんだよ?」

「少なくともあなたは、僕の異状を指摘して、なんとかしろ、仕事を家庭に持ち込むなと要求することができたでしょう。僕を責める権利が、あなたにはあるんですから。でもあなたはそうせず、黙って見守ることで、僕のために心配を重ね、共にストレスを溜めてくれた。

それは、やはり愛ゆえだなと思ったんです。だから、嬉しくて」

「…………」

愛ゆえ、などという恥ずかしい台詞《せりふ》を堂々と口にする茨木に、京橋は言葉ではなく顰《しか》めっ面で応《こた》える。

茨木は顔を上げ、深い縦皺の刻まれた京橋の眉間《みけん》に、小さな音を立ててキスをした。

「僕は何か、勘違いをしていますか？　愛されていると思ったのは、自意識過剰、あるいは自信過剰でしょうか？」

答えはわかっていると言わんばかりの猫なで声で問われ、京橋はますます険しい、むくれ顔になった。

「どうなんです？」

「わかってるくせに、いちいち訊《き》くなよな！」

噛みつくように言い返して、京橋は茨木のワイシャツの胸を両手で荒っぽく押した。

「それより、もうお茶飲まないんなら、さっさと風呂に入ってこいよ。いつまでもスーツでいたら、いくら座ってても疲れが取れないだろ？　話なら、後でゆっくり……」

だが茨木は、そんな京橋の両手を取ると、今度は自分のほうに強めに引き寄せた。

「うわっ」

不意打ちされて、京橋はバランスを失い、茨木のほうに倒れ込む。

広い胸に京橋を抱き込んで、茨木は猫が喉を鳴らすようなご機嫌な声で囁《ささや》いた。

「そのつもりでしたが、気が変わりました。……あなたのせいですよ？」

「ええっ？」

さっきまでまるで生気というものが感じられなかった茨木の声に、今は確かな活気が……もっと正確に言うならば、妖《あや》しい艶《つや》がある。

思えば多忙になって以来、茨木がこんなふうに欲望を露《あら》わにするのは初めてだった。

茨木の膝《ひざ》に半ば乗り上げる姿勢になっているせいで、パジャマの腿《もも》の薄い生地越しに、茨木の臨戦態勢になりつつあるものを感じる。

「ちょ……マジで？　つか、なんで俺のせい？」

狼狽する京橋の赤らんだ耳たぶをくすぐるように、茨木は吐息に声を乗せて吹きかけた。

「だって、京橋先生。ミントは……」

「ミントが何？」

「かつて媚薬《びやく》の一種だと考えられていたんですよ」

「えっ、嘘《うそ》だろ⁉」

茨木の腕の中で、京橋は目を剝《む》き、思わずのけぞる。さっきまでの弱りようはどこへやら、いつもの悪だくみしているときの顔でフフッと笑うと、茨木は京橋の柔らかな唇に小さなキスをした。

「自分が商売をしている分野で、嘘はつきませんよ」

「そ、そりゃそうか。いやっ、待て待て。俺はただ、茨木さんにリフレッシュしてほしかっただけで、そんなことは知らなかっ」

「ええ、リフレッシュしました。だからこそ、黙って僕を案じてくれていた健気《けなげ》なあなたを愛おしく思う気持ちを、この身体で示してみたくなって」

「マジかよ。そんなに即効性の媚薬効果があるんだ、ミント？」

「ええ、それはもう」

ただし、僕が習った限りでは、女性に対する効果でしたけどね……という言葉をスルリと飲み込んで、茨木は骨張った手で京橋のほんのり上気した頬を撫でた。

「それで？　僕に一服盛った責任は取ってもらえるんでしょうね？」

「う、うう。一服盛ったとか、そんな」

「それとも、先に風呂を済ませてきましょうか？」

どうやら、「疲れてるんだから何もせずに寝ろ」と言わせるつもりは、茨木には微塵《みじん》もないらしい。

「……いいよ。待ってたら風呂の中で寝落ちしてた、とか拍子抜けすぎるし。今の茨木さんじゃ、やりかねないし！」

「では、このままで。ここでもいいですが、せっかくなので寝室へ移動しましょうか」

帰宅したときの消耗しきった様子はどこへやら、茨木はやけにウキウキした様子で片手を差し出してくる。

「い、いいけど……ミント、マジですげえな」

本当に茨木を「その気」にさせたのは、ミントではなく京橋の彼に対する気遣いであることは明らかだ。だが、それにはいっこうに気づかないまま、京橋は半ば狐《きつね》につままれたような面持ちで、茨木のヒンヤリした手の上に自分の右手をおずおずと置いた……。

「……ふ……ッ」

背後から押し入ってくるものの熱と質量に、京橋は小さく息を詰めた。

シーツを摑む両手の指に、ギュッと力がこもる。

何度身体を重ねても、貫かれるときの、体内に異物がねじ込まれる感覚には慣れることができない。身体の奥底でけたたましいアラームが鳴り響き、軽い吐き気がこみ上げる。

茨木のことは変わらず好きだし、抱かれることにも特に抵抗はないが、男としての本能が、征服されることへの恐怖感から警告を発しているのかもしれない。

四つん這《ば》いになっているせいでさらけ出された、無防備な背中が粟立《あわだ》つ。

京橋は柔らかなシーツに額を押し当て、細く長く息を吐いた。強張《こわば》る身体から、少しずつ力を抜こうと努力する。

そうすると、自分の奥底で、一度は拒もうとした粘膜が、茨木のものをしなやかに包み込むのが感じられ、萎《な》えかけた場所に、再び血が集まっていく。

征服する・されるではなく、これは互いを繋《つな》ぐ行為なのだと、心より少し遅れて身体が納得するというプロセスが、京橋には少しだけ可笑《おか》しい。

「……ごめんなさい。急ぎすぎましたね」

背中に覆い被《かぶ》さってくる茨木の身体はいつもより熱を帯びていて、肩甲骨《けんこうこつ》のあたりに当たる息が荒い。

「だい、じょぶ」

「本当に？」

労るように、汗でうなじに貼《は》りつく髪をそっと掻き分け、口づけられる。

荒々しく抱きたいという衝動をどうにか抑え、優しくしようとする茨木の我慢が息づかいとほんの少し上擦った声から感じられて、愛おしさがこみ上げてくる。

「いいよ」

動いて、という言葉を声に出すには羞恥心が勝ちすぎて、京橋は短く答える。ほんの少し繋がったままの腰を揺らすと、茨木の喉が鳴るのがわかった。

大きな手が、京橋の薄い肩をグッと摑む。

「……っ、あ」

きつく粘膜をまとったまま、熱い楔《くさび》が深く突き入れられ、荒々しく引き抜かれる。その激しさに、京橋は切れ切れに声を漏らした。

つらい、苦しいという感覚の中から、疼《うず》くような快感と喜びが湧《わ》き上がってくるこの瞬間を、京橋は密《ひそ》かに好きである。

いつも紳士的で、理性的で、温厚。そんな茨木が、仕事で行き詰まって弱みを見せるのも、こんなふうに甘えてくるのも、攻撃的なまでに求めてくるのも、自分だけ。

茨木のポーカーフェイスの内側にある激しさを知るのは、恋人である自分だけなのだと思うと、我ながら馬鹿馬鹿しいと思いながらも気持ちが高揚してしまう。

もっと欲しい、と言う代わりに、京橋は首をねじ曲げ、自分の肩に置かれた茨木の手に、ガリッと歯を立てた……。


耳のラインを指先でなぞってから、優しく髪を撫でられる。

すべてが終わって心地よい脱力感の中でまどろみながら、茨木が決まってするそんな仕草に、京橋は小さく微笑んだ。

こうして布団にくるまり、互いの肌の感触と温かさを感じていると、すべてが穏やかで、何もかもがいつもどおりに思われる。

だが、さっきの茨木は、普段とは少し違っていた。

いつもなら抱き合うとき、茨木は有り体に言うと執拗《しつよう》なタイプである。セックスの最終目的である射精すること自体より、そこに至るまでの過程を徹底的に楽しむほうで、そちらに時間と手間をたっぷりかける。

京橋の服を脱がせるところから、全身、触れていないところがないほど丹念に愛撫《あいぶ》を施し、時間をかけて心身の準備をしてくれる。

だが今夜の彼は、驚くほど性急だった。そしてそれは疲労のせいというより、何か、彼の心の焦りのせいのように、京橋には感じられた。

こうして素肌を触れ合わせているときには、さすがの茨木も、いつもの人格者の皮を脱ぎ捨て、素の心を見せる。そのせいで余計に、彼の変化が京橋には敏感に感じ取れるのだ。

(やっぱ、このままじゃよくないよな)

心地よい睡魔の誘惑を押しのけ、京橋は傍らに横たわる茨木の顔を見た。

京橋にとって眼鏡は、ただの「よく見えるようになるため」の道具だ。近視なので、日常生活にも仕事にも必須のアイテムではあるが、視力を上げる以上の使い道はない。

だが茨木にとっては、眼鏡が一種の鎧《よろい》の役割を果たしているように、京橋には思える。角の丸いフレームで心の尖《とが》りを隠し、レンズで本心を覗《のぞ》かれることを防いでいるような、そんな印象がある。

だが今は、茨木の顔に眼鏡はない。

あっさり整った目鼻立ちはいつもどおりだが、鎧がない分、表情のわずかな変化もそのまま見えるはずだ。

自分も茨木に眼鏡を奪われてしまったので、京橋は、茨木の顔に自分の顔をぐっと近づけ、口を開いた。

「なあ、仕事、そんなに大変なのか？　俺に力になれること、ある？」

気遣わしげに問いかける京橋を、茨木は少し充血した目を細めて見返した。

「どうしたんです、突然。何も訊かないことにしていたのでは？」

「そのつもりだったけど、やっぱ気になる」

京橋は素直に心の内をさらけ出し、言葉を継いだ。

「茨木さんがどうしても話したくなけりゃ、流してくれていいけどさ。でも、仕事の愚痴でも、人間関係の愚痴でも、言えば楽になることがあるならなんでも言ってくれていいよ。俺、ただ聞くから」

「珪一郎さん……」

ベッドの中でだけの呼び名を、茨木は少し戸惑ったように口にする。だが京橋は、茨木の唇に人差し指を当てて、黙らせた。

「機密事項でも、俺は誰にも喋《しゃべ》らない。それは信じてくれるだろ？」

「……ええ、もちろん」

「こうして寝ることで十分発散できるってんならそれでもいいけど、やっぱそれじゃ足りないんじゃないかな、喋ったほうがスッキリするんじゃないかなって思うんだ」

生真面目に訥訥《とつとつ》と語る京橋を愛おしげに見つめ、茨木は恥ずかしそうに笑った。

「すみません、我ながらガツガツしてましたよね、さっき。だからそんなふうに言ってくれたんでしょう?」

京橋も、うっすら頬を赤らめて頷く。

「う、うん、まあ」

すると茨木は、頬を指先でポリポリと掻いてこう呟いた。

「やっぱり切迫した感じが勝手に出ちゃいましたかね。ちゃんとお話しする前に、心の渇望が溢れ出してしまいました」

「切迫? 心の渇望? いったい、なんのことだよ?」

京橋は柴犬を思わせるアーモンド型の目をパチパチさせる。それまで手枕《てまくら》で京橋のほうを向いて横たわっていた茨木は、ゴロリと寝返りを打ち、仰向《あおむ》けになった。そして、首を巡らせて京橋を再び見て、簡潔に答えた。

「しばらくの間、あなたにこんなふうに触れられなくなると思うと、つい」

「へ?」

意外な言葉に、京橋は思わずむっくり身を起こす。

「どういうことだよ？　会社に泊まり込みになるってこと？」

「いえ、会社ではなく……まあ、出張、ということになりますかね」

「出張？　どこに？」

「トルコに」

「トルコ⁉」

予想だにしない国名を耳にして、京橋は声のトーンを跳ね上げる。

そんな京橋を宥《なだ》めるように、彼のむき出しの二の腕を撫でて、茨木は穏やかに告げた。

「ちゃんと順を追って話しますから……ね？」

「……うん」

京橋は、渋々もう一度横になる。

自分と京橋の身体に布団をかけ直してから、茨木はしばらく考え、こう切り出した。

「少しばかり業務上の機密事項を明かしてしまうことになりますが、パートナーのあなたにはきちんと説明すべきだと思うので、あえて話します。ですが、くれぐれも他言無用でお願いしますよ」

「わかった！　絶対、誰にも喋らない」

京橋は、早くも少し緊張した顔つきで、きっぱりと請け合う。では、と、茨木は小さく咳《せき》払《ばら》いして話し始めた。

「数ヶ月前から、僕たちのチームは新商品の開発に着手しました。上から与えられたテーマは、今回はサプリメントではなく、『女性のためのモーニングドリンク』でした」

茨木の腕に頭を預け、京橋は興味津々《しんしん》で耳を傾ける。

「モーニングドリンク？　コンビニでよく見る、健康ドリンク的なやつ？」

「いえ、ああいうものではなく、もっと気軽で、安価で、美味しく、でも毎朝の習慣として、朝食の補助、あるいは朝食代わりに飲みたくなるような飲料をと」

茨木の説明に、京橋はいつもは笑みを浮かべている唇をへの字にした。

「けっこう難しくないか、それ。漠然としてるし」

茨木は笑って同意した。

「そうでしょう？　でも、偉い人の要求というのは、そういうものです。漠然としたイメージを現実的な製品にまとめ上げるのが、僕たち研究者の仕事ですから」

「じゃあ、そういうドリンクを考えつけたのか？」

茨木は、ちょっと誇らしげに頷いた。

「ええ。皆で知恵を出し合い、やはり女性が毎朝飲みたいと思うのは、フルーツジュースだろうと。それも、爽やかで飽きの来ない味、それでいて美容効果が高く、健康維持に役立つような……」

「安いジュースに、いいとこてんこ盛りの仕様だな。そんなフルーツ、あるのか？」

シンプルな質問に、茨木は、また頷く。

「もちろん、何種類かの果物の果汁を混合することになりますし、そこにビタミン類や糖類、食物繊維なんかを添加して、成分を調整する必要はあるんですが……」

「つまり、果物の取り合わせがキモってことか」

「ご明察です。それで、あれこれと皆で頭を悩ませていました」

京橋は、まるで自分が企画会議に出席しているような顔で、うーんと考え込む。

「果物かあ。朝に摂《と》りたいフルーツっていえば、オレンジとか、グレープフルーツとか、リンゴとか？」

茨木が微苦笑で応じる。

「とても身体にいいフルーツだとは思いますが、かなりありふれていますね」

「ええっ？　ありふれてちゃ駄目なのか？」

「駄目ではないですが、すでにあるような商品を作っても、意味がないですからね」

「……うっ。そりゃそうだ」

痛いところを突かれて、京橋は言葉に詰まる。茨木は、慰めるように優しく言った。

「効能だけを考えるなら、そのあたりのありふれたフルーツを組み合わせれば、いいものが作れるんです。でも、新しい商品をわざわざ開発するわけですから、目新しさが必要ですし、何か目玉になる素材や成分がなければ、宣伝のしようもありません。さらに、年間を通じて、安定した価格と品質で大量に手に入れられる原料を選ばなくては」

「あー……確かに。そういうことも考えなきゃなのか。大変だな」

「意外と大変なんですよ。原材料費に糸目をつけないというわけにもいきませんし、材料が手に入らなくなったので、成分や味が変わります……というのも困りますしね」

「なるほどなあ。それで、何か売りになる凄いフルーツが見つかったのか？」

「凄いというほどではないかもしれませんが、色々と味や成分、価格を検討した結果、メインになるフルーツを、ザクロに定めてはどうかという案が出ました」

「ザクロ。ザクロって、あの赤くて、中を開けたらパーティションに分かれてて、ルビーみたいに赤くて綺麗で小さな粒がぎっしり詰まってる、アレ？」

「ええ、それです」

「ザクロって、あんまり食べる機会、ないよな。そんなにいいものが入ってるのか？」

もう何度となくプレゼンしてきたのだろう、茨木は何も見なくても、立て板に水の滑らかさで解説を始めた。

「ええ、なかなかに。あなたはお医者さんですから各々《おのおの》の成分の説明は不要でしょうけど、カリウム、クエン酸、ビタミンB_1、B_2、C、それにグルタミン酸、アスパラギン酸、エラグ酸、ポリフェノール、アントシアニン、タンニン、食物繊維……まあ、朝に摂取して身体の調子を整えるという意味では、非常にいい成分の取り合わせだと思います。美白効果や、抗酸化作用なんかが売り文句になりますね」

　学生時代、あまり生理学が得意でなかった京橋は、曖昧な相づちを打つ。

「へ、へえ」

「他にも、種子の中には、ごく微量ですが女性ホルモン類似の物質が含まれています。有効性には諸説あるようですが、女性のホルモンバランスの維持に、多少は役立つ可能性はあろうかと。何よりザクロの果汁は色が綺麗ですし、味も酸味と甘みのバランスがとてもよくて、リフレッシュできます。朝にピッタリですね」

「ふうん。じゃあ、ザクロを使うことは決定か。でも、そんなに具合のいいフルーツが見つかったんなら、そんなに悩むことは……」

　京橋は訝しげに言ったが、茨木はその言葉を途中で遮り、彼らしい淡々とした口調で説明を続けた。

「いえいえ、ザクロを使うことを決めただけでは、まだ研究開発としては、入り口に立ったくらいの段階に過ぎませんよ」

「む……」

「成分、品質、生産量、価格。様々な点から、どこの国のどの地域の、どの会社、あるいは生産者から、どういう形でザクロを仕入れるかを検討しなくては」

　京橋は、そこでようやく思い当たった様子で、布団の中でポンと手を打った。

「ああ、それでトルコ？　トルコでザクロなんて作ってんのか？」

茨木は笑顔で頷いた。

「はい。もろもろ検討した結果、トルコのあるメーカーが作っている、種ごとしぼったザクロの濃縮ジュースが、僕たちの要望にもっともそぐうものだと結論が出ました」

「だったら、それこそ問題は……」

そこで初めて、茨木は眉尻を下げ、困り顔になる。

「ところが、試作を始めて大問題が発生しましてね。品質チェックのため、わざと違うロットで何度も濃縮ジュースを納品してもらったところ、色調や成分にかなりバラツキが出てきてしまったんです」

京橋も、ようやく問題の本質を理解して、表情を曇らせる。

「あー……。それは困るな」

「ええ。ブローカーを通してメーカーと話をしたんですが、どうにもその原因についての説明が要領を得なくて、ずいぶん時間をロスしてしまいました。これでは僕らが現地に飛んで、製造過程からしっかりチェックして、問題を改善させない限り、とても正式な契約にはこぎ着けられません。そのメーカーが駄目なら、取り急ぎ、代わりのメーカーを探さなくてはなりませんし」

「なるほど、それでプロジェクトリーダー直々《じきじき》に、トルコへ行くことになったわけか」

「はい。僕が出掛けて、現地ですべてをこの目で確認してきます。すぐに解決できるようなら、現地にしばらく留《とど》まって、製造過程の改善に携わろうとも考えています」

「そっか。それで、しばらく……その、俺に触れないって？」

「ええ。もちろん、かなり開発スケジュールが厳しくなっていますから、極力短い滞在で済ませたいところですが、それでも一週間か、二週間か……長びけばもう少し」

「…そんなに⁉」

一緒に暮らし始めてから、そこまで長く茨木と離れるのは初めてのことだ。思わず弱気な声を出してしまって、京橋は慌てて両手を振った。

「あっ、いや、仕方ないよな。わかってる。俺だっていい大人なんだから、心配しなくて大丈夫だよ！　それよか、問題が解決して、プロジェクトが上手くいって、茨木さんが早く元気になってくれるほうがいい！」

「……はい」

一生懸命強がる京橋の健気さに、茨木は相好を崩した。温かな布団の中で、裸のままの胸に、京橋を抱き寄せる。

京橋も抗わず、再び茨木に身を寄せた。片手を茨木の胸の上に置き、健やかな心拍を手のひらで感じる。

「それで、いつ？」

愛おしむように京橋の背中を撫でながら、茨木はあっさり答えた。

「日曜の早朝に発《た》ちます」

「えっ？　もう日付が変わってるはずだから……明日じゃないか。そんなに早く？」

「はい。短い滞在ならビザは不要なので。さすがに今日は準備のために、休みをもらえました。ですから……」

探るような目を向けられ、京橋は即座に言葉を発した。

「俺、今日は出勤ないから！　準備、手伝うよ。買い物でも荷造りでも、なんでも」

「いいんですか？」

「いいに決まってるだろ！　二人で荷造りをさっさと終わらせて、久しぶりに外で茨木さんの食べたいもの、なんでも食べよう。で、家でできるだけのんびりして……それで……」

「それで？」

京橋の言いたいことはわかっているくせに、茨木はわざと、言い淀《よど》んだ言葉を口にするよう求める。

時折、茨木が見せるそうした意地悪な一面にすでに慣れっこの京橋は、恨めしげな上目遣いで茨木を軽く睨んだ。だが、涼しい笑顔で重ねて催促され、顔を真っ赤にして、蚊の鳴くような声で囁く。

「まだ一日一緒に過ごせるんだから……夜にもっぺん、しよう」

「……おや。あなたから誘ってくれるのは、珍しいですね」

「だ、だって！　しばらく離ればなれなんだし！　嫌ならいいけどっ」

羞恥のあまり身を離そうとする京橋をしっかり抱き締め、茨木は「嬉しいですよ」と囁き返した。

「明け方まで抱き合って、一緒にシャワーを浴びて、それから僕を空港まで見送ってくれますか？」

「言われなくてもそのつもりだよ！」

京橋がそう言うと、茨木は実に妖しい笑みを浮かべた。

「ふふ、それは本当に嬉しいな。密かに憧《あこが》れていたんですよ」

「な……何に？」

茨木がそういう笑い方をするのは、だいたいろくでもないことを考えているときだ。ギョッとする京橋に、茨木はにっこりして答えた。

「涙ながらに恋人と熱烈な抱擁《ほうよう》とキスを交わしてから、ゲートの向こうに消える……というシチュエーションを」

「えっ……!?　ちょ、ちょっと待て。熱烈な抱擁とキスとかって……もしかして、俺と、あんた、が？」

「他に誰がいるんです？　というか、今度は言われなくてもそのつもり、とは言ってくれないんですか？」

「そ、そこはちょっと……いや、だいぶ躊躇うとこじゃないか？　人前でキスとか、街中だってしないだろ！」

「しばらく離ればなれになる恋人たちですよ、僕らは。そのくらいは許されるでしょう。それに、旅の恥はかき捨てと言うじゃないですか」

「旅をするのは茨木さんだけだろ！　そんなことしたら、出発ロビーで滅茶苦茶目立つじゃないか！　茨木さんはゲートの向こうへ行っちゃうからいいけど、ひとり取り残される俺はどうなるんだよ⁉」

「嫌でも寝不足になる流れですから、気をつけて、真《ま》っ直《す》ぐ帰って、ゆっくり寝てくださいね」

「そういうことじゃなくて！」

「駄目です。いくらあなたが恥じらっても、それだけは譲れません。最高にドラマチックなお別れをするチャンスですからね。ああ、憂鬱でしかなかったトルコ出張が、少しだけ楽しみになってきました」

「そっ……」

「あなたのおかげです」

悪戯っ子のような笑顔でそう言って、茨木は京橋の、あまり高くはない鼻の頭にキスをする。悔しそうに唸りながらも、京橋は茨木の背中に両腕を回し、自分から強く抱き締めた。

「空港でも伝えるつもりだけど！　テンパって忘れてたら困るから、今言っとく」

「なんです？　お土産《みやげ》のリクエストですか？」

ふざけてみせる茨木が、本当は自分よりずっと別離を寂しがっていて、けれど京橋を案じてあえて明るく振る舞っていることが感じられ、京橋は胸が締めつけられるような気持ちになる。

だからこそ彼も、茨木のおふざけに乗って、怒ったふりで言い返した。

「そんなわけないだろ！　トルコのお土産に何があるかなんて、俺は知らないっつの。そうじゃなくて……仕事のことは、上手くいくように祈るしかできないけど……」

「はい」

「現地の通訳さんがつくんだろ？　その人によく聞いて、危ない場所には行くなよ。生水と生ものには気をつけて、そんで寂しくても、他の誰かに触ったりすんな」

「おや、ずいぶん信用がないんですね」

「信用はしてるよ！　だけど茨木さんは格好いいんだから、向こうから口説《くど》かれるって可能性もあるだろ。そんなときも、ほだされちゃ駄目だからな」

「……おや。今度はずいぶん持ち上げられてしまいました」

「俺は真面目に」

「わかってますよ。……本当に嬉しいです、そんな心配までしてくれて。思った以上に、僕はあなたに愛されてますねえ」

「…………っ」

今度こそ火を噴きそうに顔を赤らめて、京橋は茨木の胸の上に突っ伏してしまう。

「わかりました。忠告、忘れずにいますよ。……それはそうと、僕は、風呂に入りましょうか、それともこのまま眠ってしまいましょうかと訊ねるつもりだったんですが」

そこで言葉を切り、茨木は京橋の背中に触れた。人差し指の先で、浮き出した椎骨《ついこつ》を線路でもたどるように撫で、そのまま脇腹へと手のひらを這わせる。

その明らかな意図を持った手の動きに、京橋の身体がピクリと震えた。

それでも顔を上げない意固地な恋人の耳元で、茨木は笑みを含んだ声で問いかけた。

「あなたがあんまり可愛いことを言うから、今夜は今夜で、もう一度、あなたを愛したくなってしまいました。……かまいませんか？」

一応、京橋の意向を問うてはいるものの、茨木の両手は答えを待たず、京橋の身体に再び火を点《つ》けるべく、勤勉に動き始めている。

「……嫌だって言わせる気なんか、ないくせに！」

膨れっ面で言い返すなり、京橋はガバッと顔を上げた。そして勢いよく伸び上がり、自分から茨木に、荒っぽいキスを仕掛けたのだった。

「ええっ？　じゃあもしかしてマジで空港でやったの、超熱烈な、ドラマみたいなお別れ」

万次郎のあけすけな質問に、京橋は箸を持ったまま赤面した。

万次郎の隣には、苦虫を噛み潰《つぶ》したような渋面で味噌汁《みそしる》を啜《すす》る楢崎が座っている。

「そ……そりゃ、まあ、それなりに」

「ハグもキスも⁉」

「……一応、は」

「マジで！　大胆だな！　出発ロビーなら、周りに人がいっぱいいたでしょ」

「いたけど、みんな、それぞれお別れをするわけだから、他人のことをそれほど気にしてなかった……と思うし、茨木さんが、飛行機が落ちたらこれが最後のハグになるからとか、怖いこと言うしさ！　つい、微妙に盛り上がっちゃって……」

しどろもどろになって言い訳する京橋に、こちらは舌打ち寸前の呆れ顔で楢崎は言い返した。

「まったく、ろくでもないことを言う奴だ。それに乗せられるお前もお前だぞ、チロ」

相変わらず、アメリカ時代につけられた愛称で呼ばれて、京橋は居心地悪そうに身じろぎした。

迂闊《うかつ》な質問をしたことを後悔したのか、万次郎が慌ててフォローに入る。

「でも、そんなドラマチックなお別れ、すっげー憧れるよ、俺！　だけど、それをやろうと思ったら、先生と空港でお別れしなきゃいけないわけで、そんなのやだしなあ」

万次郎の発言に、楢崎は眦《まなじり》を吊り上げた。

「阿呆《あほう》、たとえ空港でお前と別れることになっても、俺はそんなことは死んでもせんぞ！」

「えええー、そんなあ。じゃあさ、先生は立ってるだけでいいから、俺にハグとちゅーさせてよ！」

「断固、断る！」

「ケチだな～！」

「ケチとかそういうことじゃない。羞恥心の問題だろう！」

「そこは、羞恥心を乗り越えようよ。一世一代のお別れシーンだよ？　あっ、でもやっぱ無理だな。俺、先生と一週間も二週間もお別れとか、考えただけで泣いちゃいそう」

「それこそやめろ！　俺がいたたまれないだろうが」

「……ぷっ」

まだ予定もない「空港での別離」について真剣にやり取りをする楢崎と万次郎が可笑しくて、京橋は思わず噴き出した。

そんな彼の前には、万次郎の心づくしの料理が並んでいる。

茨木がトルコに旅立って、十二日が過ぎた。

心配性の茨木は、京橋に黙って、彼のことを楢崎に頼んでいたらしい。

楢崎とは犬猿の仲でありながら、同時に最も頼りになる男だと認めてもいるのだろう。

そして楢崎のほうも茨木に負けず劣らずの心配性、さらに万次郎は無類の世話焼きである。

事情を知って、京橋を放っておくような二人ではない。

結局京橋は三日にあげず、楢崎家で夕食をご馳走になっている。

それだけではなく、招かれるたび毎回、食後も、デザートがあるだの、面白いＤＶＤを借りただのと引き留められる。自宅に戻ってもひとりぼっちの京橋を案じてくれる二人の優しさに、京橋は素直に甘えていた。

「それで？　茨木の帰国の目処《めど》はついたのか？」

楢崎は、八宝菜に入っているウズラのゆで卵を箸で器用につまみ、口に放り込んでから、これといって興味のなさそうな素っ気ない口調で問いかけてきた。

京橋はビールを一口飲み、かぶりを振った。

「昨夜、電話があったんで訊いてみましたけど、もう少しかかりそうなんだそうです」

「そうか。ずっとイスタンブールにいるのか？」

「ええ。イスタンブールに宿を取ってて、そこから郊外の工場に毎日通ってるらしいです。

やっぱり、大都市なので宿泊先が確保しやすいんでしょうね。滞在が長びいてるので、あんまり高い宿には泊まれませんし」

京橋の話を訊いて、万次郎は心配そうに太い眉根を寄せる。

「仕事、上手くいってないの？」

「ああいや、そういうわけじゃなくて、むしろ順調だから帰れないっていうか……」

「どういうこと？」

「うん、詳しくは言えないんだけど、あっちの工場で、ここをこうすれば問題が解決するってポイントがいくつか見つかったらしくて、それが上手く回るようになるまで見届けるってことみたいなんだよ」

「ああ、そっか！　じゃあ、待つ甲斐《かい》があるね」

万次郎は屈託なく笑って、テーブルの片隅に置いてあったリモコンを取った。リビングのテレビをつけ、ニュース番組にチャンネルを合わせる。それから彼は、京橋にこう言った。

「天気予報、チェックしようと思って。明日、京橋先生、仕事休みでしょ？」

「うん、土曜出勤のない週だから。何？」

首を傾げる京橋に、万次郎は楢崎をチラと見てから答えた。

「天気がよかったらさ、俺と楢崎先生と一緒に、ぱーっと身体を動かしに行こうよ！」

京橋は、万次郎と楢崎の顔を交互に見る。

「身体を動かしに？　何をするつもり？」

京橋の皿に唐揚げを取りわけてやりながら、万次郎は楽しげに答えた。

「スケート！　定食屋の常連さんに、夏はプール、冬はアイススケートリンクって施設を経営してる人がいてさ、割引券をくれたんだ。たまには、スケートもいいかなって思ってさ」

「アイススケートか。そんなの、子供の頃ぶり……あ」

話の途中で、京橋はふと口を噤《つぐ》み、テレビの画面に視線を向けた。楢崎と万次郎も、同様にテレビを見ている。

ニュースキャスターが、「トルコ最大の都市、イスタンブール」と言うのが聞こえたからだ。

「なんだろ」

万次郎はすかさずテレビのボリュームを上げる。

赤と白の路面電車が行き交う、エキゾチックながらもヨーロッパ風の洒落た町並みが、テレビ画面に映された。

おそらく、イスタンブールの中心地なのだろう。明るい日差しを浴びて、街行く人たちの顔は一様に明るい。服装も、黒っぽいアラブ風のものを纏《まと》った人もいれば、ヨーロッパ風のカラフルな洋服を着た人も多く見られる。

「へえ、イスタンブールって、ずいぶん綺麗な街だね」

万次郎の感想に、京橋が同意しようとしたとき、画面が突如切り替わった。

アラビア風の古びた家が並ぶ街の一角、幅の広い舗装道路の上で大きな火柱が立ち、もうもうと黒煙が上がっている。

「……火事か？」

楢崎は眉をひそめた。通行人たちは遠巻きに眺めるだけで、なすすべもない様子だ。

炎の中にあるのは大型車両のようだが、車体は、真ん中あたりで真っ二つに割れている。

『イスタンブール郊外に向かうバスが、突如爆発、炎上しました。事故にはテロの関与が強く疑われており、乗客の多くが死亡したものと見られています』

女性キャスターが、淡々と告げるニュースに、楢崎は「物騒なことだ」と呟き、京橋は心配そうに顔をしかめた。

イスタンブールは比較的治安がいいらしいと茨木には聞かされていたし、インターネットにもそのような記事があった。だがやはり、今の時代、どこも完璧《かんぺき》に安全な場所などありえないということなのだろう。

(茨木さんがいる街で、テロ……。嫌だな)

思わず京橋が溜め息をついたそのとき、キャスターはこう続けた。

『なお、現地から、日本の製薬会社から出張している日本人男性が、毎朝、このバスで郊外のジュース製造工場に出勤していたという情報が寄せられており、ただいま、大使館が詳細

を調査中とのことです』

「……ッ⁉」

京橋の手から、箸が落ち、食器に当たって耳障りな音を立てた。

だが、京橋自身も、楢崎と万次郎も、そんなことにはまったく注意を払う余裕はなかった。

「なんだって？　まさか」

楢崎は弾かれたように立ち上がり、もっと画面をよく見ようとリビングへと足を向ける。

だが、画面は無情にも切り替わり、キャスターは次のニュースを読み上げ始める。

「違う……きっと、茨木さんじゃない……違う、絶対違う！」

譫言《うわごと》のように口走りながらも、京橋はよろめきながら立ち上がり、万次郎の手からリモコンを引ったくった。目まぐるしくザッピングして、他にニュース番組をやっているチャンネルを必死で探し始める。

そんな京橋の姿を、楢崎も万次郎も、かける言葉もなくただ見守っていた……。

三章　届かない場所で

出会った頃、茨木はなかなか自分の名前を京橋に教えようとしなかった。

うんと焦《じ》らされてようやく教わった名は、ただ一文字、「畔」。

知ったところで今度はなんと読むかわからず、それが「くろ」という、まるで犬か猫のような名だと教わったときには、京橋はずいぶん驚いたものだ。

平地の小高い場所や、田んぼのあぜ道を表す「畔」の名をつけたのは、漢文学の研究者である彼の父親だった。

無論、そんな珍しい名を息子に与えるには理由がある。

田んぼの間を縫って走る畔道《あぜみち》のように、色々な人や場所を繋ぐ人間になるように。

人を見下ろすような高みではなく、少しだけ高い場所に立ち、周りの人たちみんなをよく見て、気を配れる人間になるように。

あくまでも、ほんの少しだけ高い場所に立ちなさい。そうすれば、差し伸べた手が、必ず相手に届くから……と。

「そんな想《おも》いを込めて、父は僕に畔と名づけたんだそうです。人格者の父らしい願いですが、いかにも人間関係に苦労しそうな名前ですよね」

おどけた口調でそう言って、茨木は苦笑いしていた。

だが、当時は重病の父親を看取《みと》るため、病院の売店で臨時雇いの店長をしていた彼は、後に元の職場であるカリノ製薬に戻り、同僚たちを束ねるプロジェクトリーダーとして活躍するようになった。

まさに、名は体を表す、である。

京橋が後にそう指摘すると、茨木は照れ臭そうに笑ってこう言った。

「ありがとうございます。でも僕としては、職場での立場はともかく、何よりもあなたという素敵な田んぼの傍らに常にある、『畔』道でいたいんですけどね」

そのときの茨木のはにかんだ笑顔を思い出すと、たまらない気分になる。

「……はあ」

ダイニングの食卓にひとりで座っていた京橋は、溜め息と同時に視線を落とした。

目の前の小さな密封容器の中には、マカロニサラダが詰まっている。

グラタン用より少し小さめのマカロニに、胡瓜《きゅうり》やタマネギの薄いスライス、小さなサイコロ状に切り揃えた人参、短冊切りのハム、それに茹《ゆ》でたコーンの粒をたっぷり加えて酢とマヨネーズで和えた、実に彩り鮮やかなサラダだ。

それは昨夜、楢崎家に夕食に招かれたものの まったく食の進まなかった京橋に、万次郎が持たせてくれたお土産だった。

「これなら、主食と肉と野菜がいっぺんに口に入るからさ。気が向いたときに、少しずつ食べてよ」

せっかくの食事をろくに食べられなかったことを詫《わ》びる京橋に、万次郎はいつもの屈託のない笑顔でそう言い、この密封容器を持たせてくれたのだ。

その後ろで、珍しくあからさまに気遣わしそうな顔をしていた楢崎の姿も脳裏に甦り、京橋はほんの少しマカロニサラダをフォークに取り、口に運んだ。

ゆっくりと咀嚼《そしやく》してから、いかにも大儀そうに飲み下す。

「駄目だなあ、俺。楢崎先輩にも、間坂君にも心配かけちゃって」

開いた口からは、そんなぼやきが漏れた。

空腹なはずなのに、そして万次郎の作った料理なのだから確実に美味しいはずなのに、マカロニサラダの味はまったく感じられず、ただぐにぐにした食感の何かを噛んでいるだけのように感じられる。結局、たった一口でギブアップして、彼はフォークを置いた。

胃が、全力で食べ物を拒否しているのがわかるのだ。

（迷走神経も交感神経も、お前たちがそんなに頑張ったって、なんにもならないんだってば）

酷くナーヴァスになっているみずからの神経に文句を言いつつ、缶ビールに手を伸ばす。アルコールだけは、それなりに喉を通るのだから勝手なものだ。

というより、バス爆破事件のニュースを見た日以来、京橋は、アルコールなしには寝つけなくなった。医師なので、アルコールは睡眠を浅くすると重々承知ではあるが、飲まなければ入眠すらできず、睡眠時間がゼロになってしまう。

医師としての仕事をミスなくまっとうするためには、アルコールがもたらす浅く短い睡眠を繋ぐしかなかった。

あまりにも室内が空虚で、せめてテレビでもつけようかとリモコンを取った京橋は、少し逡巡《しゅんじゅん》して、結局そのままテーブルに戻してしまった。

エアコンのごく小さな作動音さえ耳障りに感じられるほど、家の中は静かだ。

京橋ひとりしかいないので、彼が黙れば、家の中は恐ろしいほどの静寂に包まれる。

（茨木さん、物静かなほうだと思ってたけど、やっぱいるだけでそれなりに音を立ててたんだな）

目を閉じると、長身瘦軀《そうく》な茨木が、少し猫背気味に歩き回る姿がすぐに目に浮かぶ。

食事の後の洗い物や、洗濯物を干したり畳んだり。

細々とした家事を、毎晩のように他愛ない御喋りをしながら一緒に片づけることを、茨木はとても楽しんでいるようだった。

そんなふうに同じことをしていても、あるいは別の場所で別のことをしていても、２ＬＤＫのささやかな家の中では、常にお互いの気配を感じるし、物音も聞こえる。

そのことに、どれほど自分が安心していたか。

ひとりぼっちになって初めて気づくのだから、皮肉なものだ。

耳を澄ませても、視線をあちこちに向けても、茨木の姿はここにはない。

(俺の畔道とか言ってたくせに。畔道がいなくなってどうすんだよ)

こみ上げる不安と切なさに耐えかねて、京橋は頬杖《ほおづえ》を突き、両手で顔を覆った。


茨木がトルコに発《た》って、二週間あまりになる。

そして、イスタンブール郊外で起こったバス事故のニュースを見てから、五日が経過した。

あれから何度、テレビで茨木の名前を見て、聞いたことだろう。

真っ二つに割れ、炎に包まれたバスに乗っていた可能性がある「日本の製薬会社から出張している日本人男性」というのは、茨木のことではない、きっと他の誰かだ。

事故の第一報を報道番組で見たとき、京橋は頑《かたく》なにそう思い込もうとした。

夜通し、何度も茨木のスマートホンに電話したし、メールを送りもしたが、一度も応答はなかった。

だがそれも、きっと現地で起きた事件に驚き、バタバタしていて余裕がないからに違いない。落ち着いたら、きっと向こうから連絡をよこしてくれるはずだ。

そう信じ、どうにかして平穏な日常にしがみつきたい一念で、翌朝、彼は一睡もできないまま、重い足取りでK医大に出勤した。

だが、外来診療が終わってすぐの午後早く、医局にいた京橋のスマートホンに、カリノ製薬の梅枝敏之《うめがえとしゆき》という男から電話がかかってきた。

梅枝は茨木と同期で、同じサプリメント研究開発部に所属している。

茨木の復帰以来、同じプロジェクトチームで業務に当たることが多く、茨木がリーダー、梅枝がサブリーダーという組み合わせが定番なのだと、京橋は茨木から聞いていた。

京橋自身も、親しいというほどではないにせよ、梅枝とは面識がある。彼は、京橋が茨木のパートナーであることを知っている、数少ない人間のひとりでもあるのだ。

廊下に飛び出し、階段の踊り場まで駆けていって、京橋はスマートホンを耳に押し当てた。

「お待たせしましたっ！　梅枝さん、あの、茨木さんは」

挨拶もそこそこに、京橋は茨木の情報をせがんだ。

「ご無沙汰《ぶさた》してます、茨木の同僚の梅枝です。昨夜、第一報が入ってから、こっちでも事態の把握に走り回ってたもんで、ご連絡が遅くなりました。すみません。茨木のこと、ご心配だと思うんですが……」

上擦った声を出した京橋とは対照的に、梅枝は落ち着いた声で、やはり毎朝、イスタンブトルでくだんのバスに乗っていた日本人男性は茨木である可能性が極めて高いと告げた。

「そんな……！」

愕然《がくぜん》とする京橋に、梅枝は淡々と言葉を継いだ。

まだ茨木の安否はわからないし、連絡も取れていない。だが今朝取り急ぎ、カリノ製薬の社員がイスタンブールに飛んだので、現地で彼らが直接確かめた情報を、すぐに京橋に伝えるようにする。どうか過剰に動揺せず、待っていてほしい……。

「まあ、でもアレです。ご存じだと思いますけど、茨木はあれでなかなか運の強い男だから、きっと大丈夫ですよ」

やけに明るい、呑気《のんき》とも感じられるような口調で、梅枝は最後にそうつけ加えた。

確かに以前に会ったとき、梅枝は、酒が入っていたせいもあり、軽妙なジョークを口にする、軽薄すれすれの陽気な男だった。

だが、スピーカー越しに聞く梅枝の声からは、彼が感情の揺れを必死で抑え、茨木はきっと無事だと、自分にも言い聞かせようとしている気配がありありと感じられる。

それと同時に、彼が慎重に選んで口にしたであろう言葉の端々からは、京橋への気遣いも滲《にじ》んでいた。

彼は幾度も「待っていてほしい」と繰り返した。

その理由は、京橋には痛いほど理解できた。

いくらパートナーであっても、京橋は茨木の「配偶者」ではない。同性同士が公的に婚姻関係、あるいはそれに準じる関係を結ぶためのシステムが、この国の大部分の地域ではまだ導入されていないからだ。

茨木を案じ、仕事を放り出してイスタンブールへ駆けつけるのは京橋の自由である。

しかしその際、日本大使館をはじめ、現地で状況把握に努めている人々が、京橋を茨木のパートナーと認め、そのように扱うかどうかはわからない。ただの「知人」と認識され、部外者扱いされる可能性も高い。

そんな残酷だが如何《いかん》ともしようのない事実を、梅枝は幾重にもオブラートに包み、京橋に伝えようと努力していた。

梅枝に連絡してくれたことへの礼を言い、通話を終えた京橋は、その場にしゃがみ込んだ。

皆、移動にはたいていエレベーターを使うので、踊り場を通りかかる人はあまりいない。

京橋は膝小僧に額を押し当てて、しばらく、声を押し殺して泣いた。

何もできない自分が、これほど悔しく、情けなかったことはない。

これまで職場では、一部の友人を除いて、茨木との関係を同僚たちに公言したことはない。

医療機関に属する人間は、同性どうしの関係についても偏見のない立場でいるべきだと思っているので、京橋自身は何一つ隠すつもりはない。

だが、彼はもともとプライベートなことを職場で話すほうではないので、茨木とのことについても、語る機会がなかっただけだ。

本心を言えば、すぐに教授室へ駆け込み、事情を話して休暇をもらい、イスタンブールへ飛んでいきたい。

たとえ配偶者として扱われなくても、少しでも茨木の情報を得やすい場所にいたい。せめて同じ空気を吸い、同じ地面を踏んでいたい。

そんな激しい衝動が、彼の中で大きな渦を巻いている。

しかし一方で、梅枝の忠告が正しいことも、彼にはよくわかっていた。

「まあ、このご時世なんで、世界のどこにも完璧に安全って場所はありませんけど、現地ではテロが起こったばかりですからね。わざわざそんな危険度の高い場所に先生が行くことを、茨木は望まないと思います」

さっきの会話の中で、梅枝はさりげなくそう言った。

彼が自分を案じ、軽率な行動で仕事に穴を空けたり、現地で危険な目に遭ったりしないように善意で牽制《けんせい》していることは、ひしひしと感じられた。

しかし……。

「連絡、してこいよ」

京橋は再びスマートホンを取り出し、電源を入れた。

やはり、茨木からの電話もメールも、一つも着信していない。

事故の前日まで、茨木は毎日、律儀に連絡を入れてきた。それが突然絶えたということは、つまりそういうことなのだろう。

彼はきっと、事故に巻き込まれたのだ。

生死は不明とはいえ、ニュースの画面で見たあの巨大な火柱を見れば、乗客が無事に逃げられた可能性は極めて低い。

理性はそんなふうに冷静に事態を分析しているが、心がそれを受け入れられない。

茨木はきっと無事だ。連絡できないのは何か事情があるからに違いない。現地に行けば、きっと会える。そんな希望的観測に、全力で縋《すが》りつきたくなってしまう。

(だけど……確かに、俺が行っても仕方ないんだ)

嗚咽《おえつ》をこらえ、白衣の袖で涙をぐいと拭《ふ》いて、京橋は顔を上げた。

だが立ち上がる気力はまだなく、冷たいリノリウムの床に尻餅《しりもち》をついて、両腕で膝を抱え込む。

自宅にいるときと違って、職場では、京橋がこうして固まっていても、周囲は慌ただしく動いている。

通路を行き交う人の足音、扉の開閉音、そしてそこはかとなく漂う、色々な薬品が混合した臭気……。

　茨木に何があろうと、京橋が何をしようと、医科大学というこんな小さな世界でさえ、何ごともなく動いていくのだ。

　そんなことを感じると、虚しさという泥の中に、全身がジワジワと沈んでいくような気がする。

（行ったって何もならないけど、傍に行きたいよ、茨木さん）

　行ってどうなると諭す理性と、ただもう行きたいのだと叫ぶ感情に身体を真っ二つに裂かれるような思いで、京橋はきつく唇を噛んだ……。


　迷いに迷ったが、結局、京橋は梅枝の忠告を聞き入れ、普段どおりの生活を送りながら、イスタンブールからの知らせを待つことにした。

　だからといって、理性が感情に勝ったわけではない。実は梅枝からの連絡を受けた直後、受け持っていた患者の容態が急に悪くなったのである。

　みずからの仕事に対して常に真摯《しんし》な茨木だけに、京橋が主治医の務めを投げ捨てて自分のもとに来ることを願うことは絶対にない。

　泣きたい気持ちをぐっとこらえて、京橋は仕事を続け、梅枝と連絡を取り合いながら、ひたすら茨木の無事を祈る日々を重ねてきた。

だが、事件から五日経つというのに、有力な情報は何一つ入ってこない。

世界では毎日、驚くような事件や凄惨《せいさん》な事件が起こり続けている。イスタンブールの片隅で発生した小規模なテロ事件は、徐々に報道の世界からも、人々の心からも消えつつある。

なんだかこのまま、茨木の存在さえもが何もわからないまま消えていってしまいそうで、京橋の我慢も限界に達しつつあった。

ピンポーン！

「……えっ？」

結局、たった一口食べただけのマカロニサラダをしまい込もうと蓋《ふた》を手にしたとき、インターホンが鳴った。

一階のエントランスからではなく、玄関扉脇のインターホンを直接鳴らした音だ。

一瞬、茨木が帰宅したのかと、京橋は密封容器の蓋を放り出し、弾かれたように立ち上がった。

（いや、そんなわけないよな。馬鹿か、俺は）

愚かな希望を抱いてしまった自分を嫌悪しつつ、京橋はモニターに歩み寄った。小さな画面に映っているのは、部屋着姿の楢崎である。

「あれっ？」

もう午後九時を過ぎている。いくら自宅が一階上だといっても、連絡なしに楢崎がいきなり訪ねてくるのは珍しい。

京橋は慌てて玄関の扉を開けた。

「楢崎先輩⁉」

「すまんな、いきなり」

タートルネックシャツにスウェットパンツ、その上にカーディガンを羽織るという極めてラフな服装をした楢崎は、少し気まずそうに、開口一番詫びた。

京橋は一歩脇に寄り、楢崎のために上《あ》がり框《かまち》を空ける。

「いえ、どうせひとりじゃすることもないんで。上がってください。先輩おひとりですか？」

「ああ。じゃあ、少しだけ邪魔するぞ」

言葉少なくそう言って、楢崎は京橋が置いたスリッパに足を突っ込んだ。玄関先で用事を済ませて帰るつもりかと思ったが、リビングに通された彼は、間続きのダイニングを覗き、テーブルの上にある密封容器を目敏く見つけて眉をひそめた。

「まんじの言うとおりか」

「……えっ？」

「きっと、昨夜持たせたマカロニサラダは、ろくに食えていないだろうと」

「あ……す、すみません！　一口！　一口はいただいたんですよっ」

京橋は、焦りまくって弁解した。だが楢崎は、「いや、いいんだ」と、別段腹を立ててはいない声音で言った。

「食えない気持ちもよくわかる。ずっと緊張状態にあるんだからな。……だが、酷い顔色だ。ずいぶん痩《や》せただろう。眠れない食えないでは、いい加減、倒れてしまうぞ。そうでなくても、早晩、仕事に支障が出る。いや、もう出ているんじゃないか?」

保護者めいた口調で、しかし楢崎にしてはずいぶん穏やかに叱《しか》られて、京橋は突っ立ったまま項垂《うなだ》れた。

「……すみません。かろうじて仕事はこなせてますけど、確かに今日、とうとう患者さんに、元気がないって心配されちゃいました。そんなことじゃ駄目ですよね。先輩にも間坂君にも、ご心配をおかけしちゃって」

楢崎は、小さく肩を竦める。

「俺たちはいい。……それより、台所を借りるぞ」

そう言うなり、京橋の返事を待たず、楢崎は大股《おおまた》にキッチンへ向かった。京橋はビックリして楢崎を追いかける。

「えっ? せ、先輩?」

キッチンの片隅に持参の紙袋を置くと、楢崎は狼狽える京橋にかまわず、新しい密封容器を取り出して電子レンジに放り込む。

「あの、先輩」

「器を出せ。汁物が入るような……そうだな、汁椀《しるわん》よりは深さのある洋皿のほうがいい。一枚でいいぞ」

「は……はあ」

戸惑いながらも、京橋は従順に頷いた。K医大は自由な校風といえども、伝統的に先輩後輩の関係が厳しいのである。

食器棚を開けた彼は、少し考えて、丸くて大きなスープ皿を取り出した。

「これでいいですか？」

「ああ。じゃあ、スプーンを出して、そこに座れ」

楢崎は無愛想に顎《あご》をしゃくり、やや高圧的な態度でテーブルに着くよう命令する。

「は……はい」

どうやら楢崎は、京橋に何かを食べさせに来たらしい。

（参ったな。正直、何も食べたくないんだけど……）

閉口しつつも、わざわざ来てくれた楢崎、そして料理を作ってくれたのであろう万次郎の厚意を頭から否定する度胸もなく、京橋は言われたとおりにした。

食べかけのマカロニサラダの容器に今度こそ蓋をして、そっと脇にどける。

軽快な音を立てて電子レンジが動きを止めると、楢崎は密封容器を取り出し、中身を慎重にスープ皿にあけた。そしてそれを京橋の前に置くと、自分は彼の向かいの席……いつもは茨木が座る椅子に腰を下ろす。

「これは?」

スープ皿からは、ほわほわと優しい湯気が立ち上っている。たっぷり入っているのは、とろみのついた、オレンジ色の液体だ。

テーブルに両肘《りょうひじ》をつき、長い指を組み合わせた楢崎は、いつもの素っ気ない口調で京橋の疑問に答えた。

「手持ちの野菜をあれこれ煮たポタージュだそうだ。まんじが一生懸命作っていた」

「間坂君が、わざわざ俺のために?　昨夜、サラダをもらったのに」

すると楢崎は、冷たく整った顔をわずかに和らげて言った。

「昨夜はそれしかなかったから咄嗟《とっさ》にマカロニサラダを渡したが、冷たいものをひとりぼっちで食べたりしたら、かえって気持ちがささくれるとまんじが心配してな。せめて温かいスープなら、少しは喉を通るんじゃないかと」

「…………」

申し訳なさとありがたさで言葉が出ない京橋に、楢崎は小さく笑ってつけ加えた。

「あと、お前が食っている間、一緒にいてやれとも言われた。うちに呼んでもいいんだが、そうするとお前はどうも、食えないことに萎縮《いしゅく》するようだから」

「そ、それは」

「まあ、それなら俺じゃなくまんじが来たほうが、空気が無駄に明るくなるんじゃないかと思いはしたんだぞ。だが、俺が相手でないと、お前が愚痴れないだろうとまんじに言われたものでな。あいつは、そういうところは妙に敏いんだ」

「先輩……」

「いいから、まずは食え。全部とは言わん。一口でも二口でも、食ってやってくれ。まんじが喜ぶ」

いつも、ただの居候だ同居人だと万次郎のことをこきおろす楢崎だが、こうした何げない言葉から、おそらく彼自身が思っている以上に万次郎のことを大事にしているのだと、京橋にはありありと感じられる。

そして、そんな二人が心を合わせて、京橋を気遣ってくれていることも。

「じゃあ……いただきます」

相変わらず食欲はゼロどころかマイナス値だったが、京橋はのろのろとポタージュを掬《すく》い、吹き冷まして口に入れた。

（うわ）

さっきはマカロニサラダを食べてもろくに味などわからなかったのに、このポタージュは、驚くほど豊かな味わいだった。

おそらく、ベースはチキンスープなのだろう。そこに、感じられるだけでも、タマネギ、カボチャ、人参、ジャガイモなどを入れ、ことこと煮込んで滑らかに潰してある。

すべての素材が混じり合い、どこにも尖ったところのない味だ。塩分はごく淡く、野菜のほんのりした甘みが、憔悴《しょうすい》しきった全身に染み渡っていく。根菜独特の香りも、今の京橋の身体は滋味と感じた。

スープの温かさと万次郎や楢崎の心遣いが、京橋のキリキリ巻きのままだった神経を、ほんの少しだが緩めてくれるようだった。

「ああ……美味しいなあ」

ごく自然に、感嘆の声が漏れた。「そうか」と、楢崎は安堵《あんど》の表情になる。

「美味しいです。とても」

技巧的に味を表現する余裕はなく、ただ美味しいと繰り返して、京橋はゆっくり、しかし着実に、スプーンを口に運び続けた。

ついさっきまでは何も食べたくない、食べられないと思っていたのに、万次郎が心を込めて作ってくれたポタージュは、本当に美味しかったのだ。

京橋がポタージュを味わうのをじっと見守っていた楢崎は、頃合いを見て静かに問いかけた。

「それで、どうなんだ？　茨木の安否について、昨夜から何か新しい知らせは？」

ポタージュを殆んど平らげた京橋は、スプーンを置いてかぶりを振った。

「相変わらず、茨木さん本人には一度も連絡がつきません。しばらくはスマホの呼び出し音が鳴ってましたけど、壊れたのか、バッテリーが切れたのか……もう、ずっと」

言葉にしてしまうと、茨木が死んでしまった可能性が迫ってくるように感じるのだろう。京橋の声は語尾が掠れ、消え入るようだったが、楢崎は厳しい面持ちで問いを重ねた。

「あっちの警察や、日本大使館からの情報は？」

京橋は再び、力なく首を横に振る。楢崎は難しい顔で腕組みをした。

「奇妙だな。病院に搬送された生存者の中には見当たらない、かといって死体も出てこない、所持品も見つからない、もちろん、宿泊先にもいない、工場へも行っていない。いったい、どこへ雲隠れしたんだ、あいつは」

「炎上したバスには、テロ組織が爆弾を仕掛けていたそうなので……もしかしたら、跡形なく吹っ飛ばされたかも……っ」

冷静に話そうとしても、やはり声に出すと動揺を隠せず、京橋は言葉を詰まらせる。楢崎は、吐き捨てるように言った。

「馬鹿な。あいつがそんなに潔く消え去るタイプなものか」

「でも……こんなに日が経つのに、消息が何もわからないなんておかしいじゃないですか。先輩も間坂君も梅枝さんも、死体が出ないんだから希望があるって言ってくれますけど、それこそ生きてるなら、何か手がかりがあるはずなのに！」

「京橋……」

「茨木さんは、言ってたんです。いつも俺っていう田んぼの傍らにある『畔』でいるって。それが、茨木さんの『名は体を表す』なんだって！」

湿った震える声で、京橋は訴えた。人前では泣くまいとずっと我慢していたのに、とうとう両目から涙がこぼれ落ちる。

さすがに泣き顔を見られるのが恥ずかしくて、京橋はテーブルに突っ伏してしまった。腕が当たって、スプーンとスープ皿がガチャンと音を立てたが、気にする余裕などない。

「それなのに、なんだよ……。ここにいてくれないんじゃ、全然、畔道じゃないし！　名は体を表してないし……！」

涙声で、腕の上に顔を伏せたまま、京橋は楢崎に愚痴るというより、ここにいない茨木に精いっぱいの恨み言を言う。

しばらく無言で困り顔をしていた楢崎は、やがてテーブル越しに手を伸ばし、京橋の後頭部をはたいた。そして、顔を上げない彼に、あえて皮肉っぽく語りかける。

「やれやれ。お前の泣き顔を見るのは、これで三度目だぞ。アメリカで二度、もう駄目だ、我慢できない、帰りたいと泣いたろう。あれ以来だ」

「……ううう」

顔を伏せたまま、京橋は唸る。どうやら、すみません、と謝っているつもりらしい。

楢崎は、そんな京橋の頭をポンポンと軽く叩きながら静かに問いかけた。

「アメリカでお前が言葉がわからないだの、飯が身体に合わないだのと泣いたとき、俺が言ったことを覚えているか？」

もさもさと、京橋は頭を振る。肯定か否定かは判断がつかないが、楢崎はかまわず話を続けた。

「大丈夫だと、俺は言ったんだ。ただ愚直に日々を重ねていれば、食事も言葉も慣れてくる。そしてそれは本当だっただろう？　今回も、同じことを言う。大丈夫だ」

嗚咽の合間に、「そんなの、根拠ないじゃないですか」と、京橋はぐずる子供めいた声を上げる。だが楢崎は、冷静に問いかけた。

「なくもない。……チロ、お前、事件の日以来、茨木の夢を見たか？」

京橋は、今度ははっきり首を横に振る。すると楢崎は、勝ち誇ったように「そらみろ」と言い放った。

「……え？」

思わず、京橋は顔を上げ、楢崎を見る。

いつものシニカルな笑みを浮かべ、楢崎は京橋の額をちょんと突いた。

「茨木は、いけすかない男だ。だが、お前への執着の強さだけは、評価に値する」

「…………」

「あれから、俺はさんざんお前を慰めてきただろう。それは、茨木にとっては我慢ならないシチュエーションに違いない。もしあいつがすでに死んでいるなら、とっくにお前の夢に出てきて、自分はここにいるとアピールしまくるに決まっている。……それができないということは、まだ魂が身体の中にある。つまり生きているに違いない」

「……え」

京橋は、涙でグシャグシャの顔のまま、ぽかんとしてしまった。

日頃は極めて現実的な楢崎が、突然そんなＳＦチックな、あるいはファンタジックなことを口走ったので、仰天したのだ。

しかし、それがどうにか自分を慰めようとして、必死で前向きな言葉を捻り出したがゆえの不自然な言い様なのだと気づくなり、京橋の両目には新しい涙が盛り上がった。

「先輩……俺、俺……っ」

しゃくり上げる京橋に、楢崎は眉尻を下げて苦笑した。

「俺らしからぬ馬鹿馬鹿しいことを言っているんだ。泣くな。今が笑うチャンスだぞ」

「う……うっ、うう」

ありがとうございますと言いたいのに、本格的に泣きじゃくってしまって、ろくに言葉が出てこない。

そんな京橋を、楢崎は叱責せず、ただ黙って見守っていた。

しかし、再びインターホンが来客を知らせた。今度は、エントランスからの呼び出し音である。

「……いい、俺が出てやる」

グズグズに泣いたまま立ち上がろうとする京橋を制して、楢崎は応対に立った。モニターに映っているのは、スーツ姿の、やたら甘い顔立ちの男前である。

モニター越しに二言三言会話してから、楢崎は京橋に声をかけた。

「カリノ製薬の梅枝という男だそうだが、通してかまわないか？」

その名を聞いて、京橋は慌てて立ち上がり、両手でゴシゴシと涙を拭いた。

「通して、くださっ。茨木さんの……っ、同僚、で」

嗚咽が邪魔して言葉は切れ切れだが、意味は十分に通じる。楢崎は「わかった」と頷き、遠隔操作でエントランスを解錠した。扉を開けて足早にマンションに入ってくる梅枝の姿がモニター画面を横切り、消える。

京橋は洗面所に駆け込み、顔を洗った。冷たい水を何度も顔に浴びせ、ふかふかのタオルで涙を綺麗さっぱり拭う。

腫れ上がった目元や赤くなった鼻はどうしようもないが、茨木の同僚にみっともない姿を見せたくなくて、できる限りの体裁を整えた。

ほどなく、梅枝が到着した。

リビングに通された彼は、楢崎の姿を見て軽く戸惑う様子を見せた。他の誰かが訪ねてきていることは、予想外だったのだろう。

「あ……ええと、紹介しなきゃ」

京橋は、まだ涙声で、二人を引き合わせようとした。

「楢崎先生、こちらカリノ製薬の梅枝さん。茨木さんの同僚で、今、情報の窓口になってくれてる人なんです。で、こちら楢崎先生。俺の先輩で、K医大の消化器内科に……」

だが紹介途中で、梅枝は大きく頷いた。

「ああ、楢崎先生！　はじめまして。茨木の同僚の梅枝です。お噂はかねがね」

一礼した梅枝に、楢崎も冷ややかな口調で挨拶を返す。

「楢崎だ。茨木から聞いたなら、ろくな噂ではないんだろうが、このたびは大変なことだったな。チロ……京橋が世話になっている」

「どうも恐れ入ります。……ええと」

梅枝は立ったまま、戸惑い顔で京橋を見た。楢崎の噂は聞いていたらしいが、内輪の話を聞かせてもいい相手かどうかは、判断がつかないらしい。

京橋は、早口に言った。

「楢崎先輩には、なんでも話してください。その、何か進展が？」

梅枝は大きく頷いた。なんの情報もなかったこれまでと違って、その甘やかに整った顔には、確かな生気がある。

もしや明るい知らせなのではと期待した京橋に、梅枝はこう切り出した。

「こういうことは、電話じゃなく、直接話したほうがいいと思ったんで、駆けつけました。その……まあ、微妙な知らせではあるんですけどね」

「なんですか⁉」

京橋は、自分より背の高い梅枝に詰め寄る。楢崎も、鋭い視線を梅枝に向けた。

職場に泊まり込んで情報収集に当たっているのか、よれたスーツを着込んだ梅枝は、いい知らせなのか悪い知らせなのか判断しがたい微妙な面持ちで、リビングの真ん中に突っ立ったまま京橋に告げた。

「イスタンブールに行ったうちの社員の中に、どうしてもと志願して行った、俺や茨木の同期の加島《かしま》って男がいるんです。恐ろしく生真面目で頑固な男なんですが、そいつが現地で粘り強く聞き込みをしまくって、ようやく尻尾《しっぽ》を掴んだと知らせてきました」

それを聞いて、京橋は両の拳《こぶし》をギュッと握った。身体にも声にも、不安と希望がない交ぜに漲《みなぎ》る。

「尻尾って、茨木さんの⁉」

梅枝は、気障《きざ》な笑みを浮かべて曖昧に頷いた。

「ある意味」

「もったいぶらないで教えてください！　茨木さんのこと、何がわかったんですか⁉」

「ああ……じゃあ、落ち着いて聞いてください。まずはいいニュース。あいつ、少なくとも、テロによるバス事故には巻き込まれてません。つまり、あの事故では死んでません」

「えっ？　そ、それって……？」

なんとも含みのある梅枝の言葉に、京橋は咄嗟に反応できず、楢崎はやや表情を険しくした。

「ややこしい言い方だな。どういうことだ？」

梅枝は、居心地悪そうに肩を揺すった。

「確かに茨木は、毎朝、事故に遭ったのと同じ時間のバスを使っていたようなんです。だけど、事件があった朝だけは、なぜかそのバスに乗ってないんです。宿の部屋にいたようだってことが、宿のスタッフへの聞き込みでわかりました」

「じゃあ、茨木さんは無事なんですね⁉　そうなんでしょう？　だけど、だったらどうして、連絡が取れないんです？　それに梅枝さん、さっき、少なくとも……みたいな、変な言い方を」

「それがですね」

梅枝は頭を掻き、言いにくそうにしながらも再び口を開いた。

「宿の人間が、どうやら口止めされていたようです。加島が結構な額の金を支配人に握らせて、ようやく明かされたことなんですが……」

「茨木さんに、何が⁉」

焦れて声を荒らげる京橋に対して、梅枝はつらそうな面持ちでこう告げた。

「これが、悪いニュース。テロ事件があったその日のうちに、茨木の奴、現地の警察にしょっ引かれたらしいんです」

「なんだって？」

それには、冷静に耳を傾けていた楢崎も、思わず驚きの声を上げる。京橋は、梅枝のジャケットの腕を両手で摑んだ。

「しょっ引かれたって、どういうことですかっ⁉　逮捕？　事情聴取？　どうしてっ？」

梅枝は、力なくかぶりを振る。

「詳細は、宿の人間も知りません。ですが、泊まっていた部屋から、両腕を抱えて……ほら、宇宙人が連れていかれる写真みたいな感じで連れ出されて、表に停《と》めてあった車に放り込まれたって話です。明らかに『連行』の体《てい》ですよね。まったく穏やかじゃない」

「それじゃ今、茨木さんは警察に⁉　だけど、茨木さんが何したっていうんですか！　いったいどうして」

梅枝は、力なく首を振る。

「それがさっぱりわからないんですよ。加島が警察に問い合わせても、まったく相手にしてもらえなかったそうです。で、今は大使館の人たちと連絡を取り合って、とにかく一刻も早い安否確認をと」

「そんな……。じゃ、もしかしたら警察で酷い取り調べをされてるかも……それで、もしかしたら、もしかして……っ！」

梅枝の腕を摑む京橋の手に、ギリギリと力がこもる。

梅枝が痛そうに顔を歪め、それでもじっと我慢しているのを見て取り、楢崎は京橋の腕を引き、梅枝から離れさせた。

「落ち着け。とにかく茨木が生きていることがわかったんだ。まずはそこで安心するべきだろう」

自分も動揺しながら茨木を宥めようとする楢崎の端整な顔を、京橋は血走った目で見上げた。

「だけど！　一刻も早くなんとかしないと……茨木さんが、ご」

獄死、という最悪の一言を、京橋はどうしても声に出せずに、ただ唇を震わせて新しい涙をこぼす。

だが楢崎は、両手で京橋の肩を摑み、迷子のような泣き顔を覗き込んで声を張り上げた。

「茨木の身に起こったのかはわからんが、トルコは親日の国と聞く。それに、外国人をいきなり拘束し、死なせたりすれば、深刻な外交問題になる。あまり手荒なことはされていないと信じるべきだ。少なくとも、俺はそう信じるぞ！　あいつは生きてる」

楢崎の言葉に、梅枝も、京橋に掴まれていた腕をさすりながら大きく頷く。

「俺たちも、そう願っています。とにかく、イスタンブールにいる連中が、必死で動いてくれていますから！　もうちょっと我慢しててください、京橋先生。焦れてるのも心配してるのも、僭越《せんえつ》ながら俺たちも同じです」

「……あ……」

梅枝の声に込められた強い願いの響きに、京橋はハッとした。

（そうか……。そうだな。俺だけじゃないんだ）

事情を知っている人たちは腫れ物に触るように労ってくれるし、職場では努めて患者のことだけ考えるようにしてきたので、事件以来、京橋は周囲の人々の気持ちを慮《おもんぱか》る余裕がなかった。

だが、京橋を思いやりつつ、皆が茨木の身を案じているのだ。

楢崎は、いけすかないが後輩を誰よりも強く想う男として、万次郎は料理友達として、そして梅枝をはじめカリノ製薬の同僚たちは頼れるプロジェクトリーダーとして、それぞれ茨木の無事を強く祈ってくれていたのだ。

「……すみません」

京橋は、楢崎と梅枝に向かって、深々と頭を下げた。

「なんだ、いきなり」

「謝られることなんか、何もないっすよ」

いきなりの謝罪に面食らって、二人は口々に声を上げる。

だが京橋は、情けない気持ちを噛みしめて頭を上げ、口を開いた。

「だって、楢崎先輩と間坂君は、俺をずっと心配してくれて。梅枝さんたちは、現地に飛んだり、連絡を取り合ったり、マスコミ対応したり……凄く大変なその合間に毎日連絡をくれるし、わざわざこうして情報を伝えにも来てくれてるのに。俺は……俺、オロオロしてばっかりで、他に何もできなくて」

「チロ……」

「ただ待ってるだけなのに、こんなふうにひとりだけ騒いだり泣いたりして、恥ずかしいです。ほんと……ほんと、すみません」

それは心からの謝罪だったのだが、楢崎と梅枝の口から同時に飛び出したのは「は?」という冷ややかともいえる一言だった。

「……え?」

目をパチパチさせた京橋は、楢崎にさっきよりずっと強く頭をはたかれ、悲鳴を上げた。

「痛っ」

思わず両手で頭を押さえる京橋に、楢崎は呆れ返った表情と、いつもの冷ややかな口調で言い放った。

「阿呆。俺たちは、勝手にお前を気遣っているだけだ。黙って傍観するだけでは気が済まなくて、勝手に世話を焼いているだけだぞ。つまりは自己満足だ。お前が感謝したり、詫びたりするようなことじゃない」

「先輩……」

ようやく京橋の罪悪感と自己嫌悪の念を理解した梅枝も、嫌味スレスレの軽い調子で笑ってみせた。

「そうですよ。茨木は、俺たちにとっちゃプロジェクトリーダー、つまり、同期といっても上司みたいなもんです。上司がいなけりゃ部下は動けない。あと、リーダーみずからを出張させちまったのも、俺たちじゃ埒《らち》があかないってあいつに思わせた、俺たちの不甲斐なさのせいなんです。だから……まあ、責任取ってるようなものなんで」

そう言って、梅枝は立ち尽くす京橋の肩を、ポンと叩いた。

「ぶっちゃけて言いますけど、何かしてりゃあ、気が紛れるし、気分的に楽なんです。いちばんつらいのは『ただ待ってる』係ですよ。つまり、京橋先生です。よく頑張ってると思いますよ、正直」

楢崎も、そのとおりと言わんばかりに深く頷く。

「茨木は生きている。現地で動いてくれている人たちがいる。であれば、あいつはじきに帰ってくるはずだ。お前がそれまでに倒れては意味がないんだぞ、チロ」

「そうそう、先生が元気に茨木を出迎えてやってくださりゃ、それが茨木がいちばん喜ぶことなんで。俺たちはアレですよ、それ見てヒューヒュー言いたくて、今頑張ってるようなもんです」

「………」

さっきは動揺しすぎたせいだったが、今は感謝の気持ちで胸がいっぱいになりすぎて、京橋は何も言えなくなる。言葉の代わりに、澄んだ涙が見開いた目からポロポロと際限なくこぼれ落ちた。

そんな京橋の肩を、楢崎は無言で抱き、しっかりしろと言わんばかりに何度も揺さぶる。

「その涙も、もうしばらくとっといてやってくださいよ。俺たちが一万回『心配したんだぞ』って言うより、先生が泣くほうがズッシリ響くでしょうしね、あの馬鹿の心には」

泣くばかりで、思いやられるばかりで、情けない。

そんな気持ちは変わらないが、梅枝の声から、肩に置かれた楢崎の手の温《ぬく》もりから、「お前はそれでいいのだ、お前の仕事は待つことだ」という優しい諭しが聞こえてくる。

再びこぼれそうになる「すみません」という言葉をすんでのところで飲み込み、京橋はただ何度も頷いた。

それから一週間後の午後、京橋は梅枝や、彼の同僚たちと共に、空港の到着ロビーにいた。

イスタンブールに駆けつけたカリノ製薬の社員、そして日本大使館の職員たちの尽力により、現地で警察に拘束されていた茨木の無事が確認され、ようやく釈放されたという報《しら》せを受けたのは、四日前のことだった。

そして昨夜、茨木が、捜しに来てくれた同僚たちと共に、ようやく帰国の途についたという連絡があったのである。急なことだったので直行便が取れず、乗り継ぎが一度入ったせいで、ほぼ一日がかりの長い旅路になってしまった。

職場を早退して空港に駆けつけた京橋は、子供のようにソワソワしていた。

釈放後、すぐに電話で茨木と話はできたものの、やはり自分の目で無事を確認しないことには安心できない。

「あっ、来たあ！」

プロジェクトメンバーのひとり、今日、来ている中では紅一点の女性が、弾んだ声を上げる。梅枝と並んで立っていた京橋は、その声にビクッとして、彼女が指すほうを見た。

分厚いガラスの向こう、他の乗客たちに紛れて、長身の茨木がゆっくりと歩いてくるのが見えた。

出発したときと同じ、グレーのスーツ姿だ。トレードマークの眼鏡はかけていない。

おそらくは、加島という同期の社員だろう、傍らにつき添うこちらもスーツ姿の中肉中背の男性と会話していた茨木は、何かを探すように目を細め、ゆっくりと首を巡らせた。

（茨木さんだ……。ちゃんと、喋って、歩いてる茨木さんだ）

生存も無事も四日前に確認したのに、やはり視覚のインパクトがいかに大きなものかを京橋は思い知った。

手を振りたいのに、自分はここにいるといち早く知らせたいのに、茨木が戻ってきたという事実を受け止めるだけで心がいっぱいいっぱいで、ピクリとも動けない。

やがて居並ぶ同僚たちを見つけた茨木は、笑顔を作る途中でこちらも動きを止めた。

裸眼でも、彼の目は恋人の姿を見逃さなかったのだ。

茨木は、涙をこらえるような、申し訳なさそうな小さな笑みを浮かべ、京橋に向かって小さく手を上げる。

視線が合った瞬間、京橋の心の中で、ぷちんと小さな音がした。

茨木が、生きて戻ってきた。

無事だった。

歩いている。喋っている。笑っている。

そんな一つ一つのことを確認している途中で、ずっと張り詰めていた緊張の糸が、切れてしまったのだ。

物も言わずに床にへたり込んだ京橋に気づいて、せっかく感無量の表情だった梅枝は、驚愕の声を上げる。

「うわっ⁉」

「茨木さんが」

京橋がまともな日本語を口にできたのは、そこまでだった。

うわあああん、と、子供のような鳴き声が、その喉から迸《ほとばし》る。

茨木の同僚たちだけでなく、ロビーにいたたくさんの人たちも、ビックリして京橋に注目するが、本人にはそんなことに気づく余裕はない。

涙のスクリーンの向こうから、ついぞ見たことのないような茨木の驚いた顔が、ゆらゆらしながら近づいてくる。

走ってはいけないので、全速力の早歩きで京橋に歩み寄ってくる茨木の姿が、涙のせいではっきり見えないのがもどかしい。京橋は、大泣きしながらもゴシゴシと涙を拭こうとする。

しかし、自分を呼ぶ茨木の声を……それも、普段の「京橋先生」ではなく、二人きりのときだけの「珪一郎さん！」という呼び声を聞いたとき、本人の意思を鮮やかに裏切り、京橋の涙腺《るいせん》は完全決壊したのだった……。

四章　消える日常

「楢崎先生」

夕方、病棟での業務が一段落ついたので、デスクワークに取りかかる前にどこかで一息入れようか……と医局を出たところで呼び止められ、楢崎は、訝しげに振り返った。

廊下に立っていたのは、パリッとスーツを着込んだ茨木である。

さすがに驚いて、楢崎は面食らった表情になった。

「な……何をしてるんだ?」

「先生の出待ちを。……製薬会社に勤めていても、僕は研究職なので、医局でのドクターの出待ちは人生初体験ですよ。ＭＲたちは、いつもこういうことをやっているんですね」

おっとりした口調でそう言って、地味なスーツ姿の茨木は、実に慇懃《いんぎん》に楢崎に頭を下げてニコッと笑った。

いつもと同じすかした態度だが、違うのは、ワイシャツの袖から覗く手の甲や指、それに顔に痛々しい絆創膏《ばんそうこう》がいくつか見えることだ。全身には、もっとたくさんの傷があるのだろう。

楢崎は、皮肉っぽく片眉を上げた。

「俺の出待ちなど、いったいなんの酔狂だ」

その声には、純粋な驚きと困惑の色が滲んでいた。

無理もない。茨木は一昨日《おととい》、トルコから日本に帰ってきたばかりなのだ。

その日のうちに、京橋から無事に再会したとの報告を電話で受けてはいたものの、二人の邪魔するのは気が引けて、楢崎も万次郎も、あえて自分たちからはアプローチせず、二人で「よかった」と言い合うに留めていた。

茨木が、入院するほどではないが負傷していると聞いていたので、当然、自宅で静養中だろうと思っていたのに、まさか本人がスーツ姿で職場に自分を訪ねてくるなど、楢崎にとってはまさに寝耳に水の事態である。

楢崎は、茨木の周囲に視線を走らせた。

「チロは？　まさか、ひとりで来たのか？」

茨木は、こともなげに頷いた。

「ええ。昨日は二人してお休みをいただいたんですが、今日はもう、京橋先生は通常どおり出勤なさいましたよ」

「だが、お前は……」

「心情的には、すぐにでも職場に戻って、プロジェクトの仕事を進めたいんですが、少なくとも一週間は休めと会社に言われています」

「それが常識的な判断だろうな」

椸崎は冷ややかに応じたが、茨木は両腕を広げてみせた。

「ですが、ご覧のとおり安静が必要というほどの状態ではありませんし、ひとりで家にいても仕方がありません。それで、京橋先生の仕事終わりに待ち合わせて、無事の帰国を祝って外食する約束なんですよ。その前に……」

「わざわざ俺に、帰国の挨拶をしに来たとでも?」

相変わらず冷ややかな椸崎の言葉に、茨木は左頬の傷を庇うようにちょっと不自然な笑い方をして、頷いた。

「ええ。その……ここで立ち話もなんですし、少しだけお時間をいただくわけには」

「もとより、休憩しに外に出るつもりだった。喫茶店でいいな?」

どうやら、茨木はただ挨拶しに来たのではなく、何か話したいことがあるらしい。それを察した椸崎は、そう言うなり答えを待たずに歩き出す。

「もちろん。お供します」

短く答えて、茨木も楢崎の後を追い、エレベーターホールへ向かった。

楢崎が茨木を伴って向かったのは、大学からすぐ近くの、昔ながらの小さな喫茶店だった。K医大で働く人々はもちろん、外来患者や見舞い客も訪れる気軽な店だ。ただし、分煙されたのはつい最近、それも形ばかりのパーティションを立てた程度の対策なので、嫌煙家にはまったく向かない空間である。

今日も、店内には煙草の臭いがうっすら漂っていた。

ティータイムをいささか過ぎているので、店内はさほど混んでいない。楢崎は茨木を伴い、店の奥まった二人掛けのテーブルについた。

楢崎はコーヒー、茨木はアーモンドオーレを注文し、ウェイトレスが去るなり、こちらはワイシャツ・ネクタイの上からカーディガンを羽織った楢崎は、ぶっきらぼうな口調でこう言った。

「お前が絆創膏だらけでよかった。さもなくば俺たちは、医者と製薬会社の人間が密談しているようにしか見えなかったところだぞ」

茨木は、温かなお手ふきで傷を除《よ》けて手を拭いながら、小さく笑った。

「そうですか？　でしたら今は、どういう間柄の二人に見えているんでしょうね」

「知るか」

投げやりに言ってから、楢崎はなんとも言えない渋面で、茨木の呑気にすら見える面長の顔を見た。

「それにしても、よく無事で帰ってこられたものだな。お前の同僚の、変わった名前の……梅枝、とか言ったか。あの男から、お前がトルコ警察に拘束されたらしいと聞いたときには、肝が冷えた。京橋にはあえて楽観的なことを言ったが、内心では、最悪の事態も想像したぞ」

それを聞いて、茨木は居住まいを正し、深々と楢崎に一礼した。頭を上げてから、彼は無言で自分を見ている楢崎に、真面目な顔で口を開いた。

「楢崎先生と間坂君が、どれほど僕と京橋先生を心配してくださっていたか、京橋先生から伺っています。本当に、ありがとうございました。……こんなことを申し上げると先生は嫌がられるかもしれませんが、僕が戻るまで京橋先生を支えてくださったこと、感謝に堪《た》えません」

そんな真摯な言葉を聞くうち、楢崎の眉間にはみるみる深い縦皺が刻まれた。

だがそれは不快だからではなく、宿敵に珍しくストレートに感謝され、なんだか落ち着かない気持ちになっているからだ。

その証拠に楢崎は、「チロのためにやったことで、お前に感謝される義理はない」というお約束の憎まれ口を叩く代わりに、話の方向性を変えた。

「そんなことより、いったいイスタンブールで何があった？　一昨日の電話では、京橋は興奮しきっていて、お前が戻ってきたこと以外はまともに言えない状態だったからな」

「ああ……」

再会の瞬間、文字どおり泣き崩れた京橋の姿を思い出し、茨木は溜め息交じりに目を伏せる。そんな、切なげなくせにどこか微《かす》かに嬉しそう、あるいは誇らしげに見える茨木を睨みつけ、楢崎はツケツケと言った。

「まんじと俺が知っているのは、テロ事件があった朝に、なぜかお前がいつものバスに乗っていなかったこと、それで命拾いしたこと、それなのに同じ日のうちにトルコ警察にしょっ引かれ、拘束されていたらしきこと。そこまでだ。なぜかメディアには、お前の生還のニュースは一切出てこなかったしな」

茨木は、頷いて口を開いた。

「それについても、きちんとお話ししなくてはと思っていました。僕も、大使館の方に事情を伺って、初めて理解したんですが、実は、そう込み入った話ではないんです。不幸な人違いと申しますか……」

「ふむ？」

「日本人、つまり僕が乗っていた可能性があったので、日本では特にあのバスを標的にしたテロ事件だけが報道されたようですが、彼の地《かち》では、同じ過激派組織が過去半年の間に、何度か同様の小規模な爆破テロを行っていたそうです」

「ほう……だが、それとお前の拘束になんの関係があるというんだ？」

訝しげな楢崎に、茨木は苦笑いで自分の顔を指さしてみせた。

「そのテロ組織のメンバーに、眼鏡をかけた東洋人がひとり交じっていると、以前から認識されていたとか。あちらの人たちの中にアジア人がいたら、確かに目立つでしょうね」

楢崎は、鼻筋に皺を寄せた。

「それで、お前が疑われたわけか。なるほど、眼鏡の東洋人が、しばらく毎朝乗っていたバスに、爆破テロの朝だけ乗っていなかった。これは怪しい、あいつがテログループの一員に違いないと、目をつけられたんだな？」

「ええ。警察でそのアジア人テロ犯の写真を突きつけられ、お前だろうと詰問されましたが、まったく似ていないんですよ。もう、馬鹿馬鹿しいくらいの別人ぶりで。でも、それは日本人ならではの感覚で、あちらの方にとっては、髪型とアジア顔と眼鏡で十分すぎるほどそっくりに見えたんでしょうね」

楢崎は、なんとも言えない顰めっ面で自分の頬を片手で撫でる。

「その理屈でいくと、トルコに行けば、俺とお前もそっくりだな。……いや、それで？」

茨木もなんとなく嫌そうな顔で頷きつつ、話を再開する。

「あの朝、僕は頭痛で起きられず、工場に連絡を入れて、二度寝していました。時差ぼけもあるし、ここ数週間の疲れが溜まっていると感じたので、半休をもらうつもりだったんですよ。ところがそこに警察が踏み込んできて、寝間着姿の僕を問答無用で連行したんです。おかげでこの始末ですよ」

ウェイトレスが近づいてくるのに気づき、茨木は口を噤んだ。

愛想のない若いウェイトレスが、幾分荒っぽく二人の前に飲み物を置き、十分に遠ざかったのを確かめてから、楢崎は低い声で言った。

「この始末と言うが、テログループの一味などという疑惑を受けて、よくその程度の傷で済んだものだと俺は思うがな。トルコ警察がどんなふうかは知らんが、どこの国でも、取り調べなんてのはある程度ラフになるものだろうに」

すると茨木は、ほんのり甘いアーモンドオーレを吹き冷まして一口飲み、しみじみと同意した。

「思いもよらない事態に動転していましたし、事情がまったく飲み込めなかったので、不安で仕方がありませんでした。寝間着に裸足《はだし》でなんとも心許《こころもと》ない状態でしたし、最初の頃は、取り調べもいささか荒っぽいものでしたしね。でも、途中でなんとか僕が日本人だと理解してもらえると、少し先方もクールダウンしたようでした」

「やはり基本的に親日国というわけか」

「それはわかりませんが、僕と互いに拙《つたな》い英語で会話し、仕事でこの国に来ただけだと訴える声に、一応は耳を傾ける姿勢が見られるようになった気がしました。とはいえ、勾留《こうりゅう》が解かれる気配はありませんでしたし、着の身着のまま、手ぶらで連れていかれてしまったので、外に連絡を取る手段もありませんでしたしね。せめて電話一本でもかけさせてくれるなら、大使館に助力を求められたんですが」

「では、どうやって無事に解放までこぎ着けたんだ?」

「僕の同僚が現地で、探偵はだしの地道な聞き込みをしてくれたんですよ。それで僕の身に何が起こったかを突き止め、大使館の人たちと協力して、警察の上層部やトルコ政府に事情を説明し、どうにか助け出してくれました。正直、最悪の事態を考えずにいられなかったので、心底ホッとしましたよ。そこで同僚のスマホを借りて、京橋先生に無事を知らせることもできましたしね」

「なるほど。では、ニュースでそのあたりの経緯が報道されないのは……」

「正式に取り沙汰されるとなれば、これは立派に外交問題レベルの不当勾留です」

「だろうな」

「そのあたりをうやむやにできれば両国政府も楽ですし、僕もメディアにあれこれ騒がれるくらいなら、会社の……プロジェクトのビジネスに便宜を図ってもらえるほうが、遥かにメリットが大きいと判断しました」

そこまで淡々と説明しておいて、茨木は悪戯っぽい表情で声をひそめ、こうつけ足す。

「そんなわけで、僕は『あのバスに乗っていると思われたのは間違いで、実は仕事で他の地方に出掛けていたので、騒ぎを知らなかった』ということになっています。嘘の事情を知らされた記者たちも、そんな報道をしてもつまらないと判断したんでしょうね。だから、僕の帰国はまったく話題にならなかったんですよ」

経緯を聞いた楢崎は、すべての疑問に得心がいったのか、どこか満足げに頷いた。

「なるほど。それで話が繋がった。……にしても、とんだ災難だったな」

相変わらず素っ気ない楢崎の声にも、さすがに同情の響きがある。茨木も、素直に感謝の言葉をもう一度口にした。

「ありがとうございます。それにしても、今回のことで、京橋先生にはつらい思いをさせてしまって……。僕の不在中、色々と考えるところがあったようです。昨日、浮かない顔をしていたので、話をしたんですが」

「色々と考えるところ？　俺はてっきり、お前が無事に帰ってきて、チロはひたすら安堵しているんだろうと思っていたが」

訝しげな顔で、楢崎はブラックのままコーヒーを啜る。

たまに酸化しかかったコーヒーが出てくる店だが、今日は幸い、豆が挽《ひ》き立てのようだ。カップを鼻に近づけると、芳しい香りがした。

「ええ、もちろん、無事の帰還を心から喜んではくれましたが……。なぜか時折憂い顔をするんです。その理由をなかなか話してくれなくて、ずいぶん問い詰めました。そうしたら、僕の消息が知れなかった間のあの人の苦悩を打ち明けられて、正直、トルコ警察の取り調べよりもこたえましたよ、ここに」

そう言って、茨木は自分の左胸に片手を当てた。楢崎は、わからないといった様子で眉を上げた。

「苦悩？　いったいあいつは、お前の無事を祈る以外に、何を悩んでいたんだ？　万が一のときの、葬儀の算段か何かか？」

茨木は、テーブルの上で、両手の指を緩く組み合わせる。その、いつも柔和な顔には、確かな苦痛が見てとれた。

「そんな薄情な人じゃありませんよ。もっと深刻な話です」

「というと？」

茨木は、小さな咳払いをしてから、こう打ち明けた。

「僕はあの人が現地に飛んできてしまうのではないかと心配していたので、日本で待っていてくれたことに心底ホッとしたんですが……その決断は自制心からというわけではなく、やむを得なかったからだと。本心では、すぐにでもイスタンブールに駆けつけたかったと言われました」

「……ふむ？　やむを得なかった？」

茨木は、小さく頷く。

「たとえ僕たちが互いをパートナーだと思っていても、周囲の人たちがそう認識してくれていても、今回のようなことがあったとき、公的には僕たちはただの他人であることに、京橋先生は胸を痛めたと」

　楢崎は、軽く苛立《いらだ》った様子で身を乗り出した。

「それがなんだというんだ？」

「つまり、京橋先生が現地に駆けつけ、パートナーとしての立場で僕の行方《ゆくえ》を探そうとしたところで、法的に僕と彼の絆《まずな》を証明するものは何もないわけで……それこそ現地で大使館の人たちに、報道記者たちと同じく、赤の他人としての扱いしか受けられない可能性があったわけです。だからこそ、日本で待つほうが確実だと納得はしていたけれど、とてもつらかったと言われて、胸を突かれました。確かにそうだと」

　そこでようやく茨木の言わんとすることを理解し、楢崎はせっかく消えていた眉間の縦皺を復活させた。

「それは、悩んでもどうしようもないことだ。まあ、徐々に同性カップルのためにパートナー制度を導入する自治体が出てきている。近い将来、我々の居住地でも導入される可能性はあるだろう。それを待つより他あるまい。それとも何か、いっそ養子縁組でもするつもりか？」

　すると茨木は真剣な面持ちで、しかし頷いたともかぶりを振ったとも判断のつかない首の傾げ方をした。

　楢崎は、驚いた様子で目を見張る。

「まさか、本当にやる気なのか？　そういえば、お前たちは双方ともに家族がもういないんだったか。ならば、ある意味、身軽ではあるな」

　茨木は頷いた。

「ええ。家族の反応を考慮に入れる必要がない分、やろうと思えばいつでもできることなんです。昨日、二人で初めて養子縁組の可能性についても話し合いました」

「………」

　楢崎は、何か言いたげな様子を見せたが、結局、薄い唇を引き結んでしまう。いくら京橋が弟分だとはいえ、そこまでのデリケートな問題に踏み込むべきではないと自制したのだろう。

　茨木は、静かにこう続けた。

「養子縁組をすれば、確かに法的な絆はできます。しかし、いくら便宜上といえども、養親と養子という関係になるのは、少し僕たちの心には添わないかなと。やはり先生がおっしゃるように、パートナー制度ができるまで待とうという結論にたどり着きました。ただ、養子縁組だけでなく、僕たちが共に歩む将来について踏み込んだ話ができたこと自体は、とても有意義だったと思います」

「……ふむ」

「とはいえ、日々の暮らしの中で忘れがちでしたが、世の中には、心の絆だけではどうにもならないことがあるのだと思い知って、昨日は少し、二人で落ち込みましたね。まあ、言っても詮無《せんな》いことではあるんですが」

そこで言葉を切って、茨木は楢崎を真っ直ぐに見た。

「先生は、そういうことに思いを巡らせたことがありますか？　つまり、間坂君と……」

「馬鹿馬鹿しい」

楢崎は、茨木に皆まで言わせずに切り口上で言った。

「俺とまんじは、お前とチロのような関係じゃない。まんじはただの居候《いそうろう》だ」

「居候。聞き飽きましたし、そう主張なさるならそれでかまいませんが、本当にそうでしょうかね。心から、そう思っていらっしゃいますか？」

「何が言いたい」

楢崎は、眼鏡の奥の切れ長の目をいちだんと険しくして茨木を睨《ね》めつける。その日本刀のように鋭い視線をやんわりと受け止め、茨木は淡く笑った。

「別に。ただ、今回のことで、僕も京橋先生も、人生、何があるかわからないと思い知りました。いちばん大切な人との関係を……絆のありようを、平穏な生活を送れているうちに、一度深く考えてみるのも大事なことかもしれないと思いましたよ」

「説教のつもりか?」

楢崎の尖った声に、茨木は平然と肩を小さく竦める。

「まさか、そんなおこがましいことはしません。ただ、この世でいちばん大切なのは誰か、その人とどう生きていきたいかということは……相手を失ってからでは考えられないことです。互いに生きているからこそ、考え、語り合えることですから」

そんな茨木の言葉に、楢崎が何か言い返そうとしたとき、テーブルの隅っこに置いてあった茨木のスマートホンが震えた。

さっと取り上げ、液晶画面を確かめた茨木は、ニッコリした。

「ああ、京橋先生からです。仕事が終わったようなので、僕はこれで。先生はゆっくりしていらしてください」

そう言うなりさりげなく勘定書きを取ろうとした茨木を、楢崎はやはり剣呑《けんのん》な声で制止する。

「待て。自分の分は自分で払う」

だが、茨木は楢崎が伸ばしかけた手をかいくぐるように小さな紙片を取り上げ、立ち上がった。

「いえ、お礼を申し上げる機会を作っていただいたんですから、ここは僕が。もちろん、これでお礼を済ませようなどとは思っていませんが、大いに心配をかけ続けた分、今はできる限り京橋先生の傍にいたいと思っていますので……失礼します」

言外に「今は京橋と水入らずで過ごしたいので邪魔しないでほしい」という気持ちを伝えると、茨木はスタスタとレジへと向かう。

楢崎は、不機嫌そうに薄い唇をひん曲げた。

たかだか数百円のことではあるし、時間を作れと要求したのは茨木のほうなのだから、会計を茨木が持つことにはなんの不思議も不満もない。

だが、いけすかない男に奢《おご》られると、なんだか借りを作ったようでスッキリしない楢崎である。

しかも、茨木が最後に言っていた言葉が、指先に刺さった小さなささくれのように、チクチクと胸を刺してくる。

目礼しつつ、急ぎ足でK医大へと向かう茨木をガラス越しに見送り、楢崎は冷めたコーヒーをグイと飲み干した。

向かいの席には、半分ほど中身が残った茨木のカップがそのままになっている。

普段、注文したものを残すような不作法な真似はしない男なので、よほど気が急《せ》いていたのだろう。

『茨木さんが、茨木さんが帰ってきましたあぁ！　生きてます、怪我《けが》はちょっとだけです！　元気じゃないけど、元気です！　病気はわかんないです、まだ』

茨木が帰国した当日、スマートホンのスピーカーの向こうから聞こえてきた京橋の上擦った声と、まったく要領を得ない話の内容を思い出し、楢崎は微苦笑した。

（茨木がメディカルチェックを受けている間に電話してきたんだから、再会してそれなりに時間が経っていたはずなのに……まだベソベソ泣いていたっけな、あいつ）

京橋が茨木をそれほどまでに好きでいることは面白くないが、無事に茨木が帰国したことで、京橋のつらく苦しい日々が終わりを告げたことは、心からよかったと思う楢崎である。

きっと強い責任感から、京橋はたった一日欠勤しただけで仕事に戻ったのだろうが、まだ茨木が帰ってきたことが心の底から確信しきれておらず、業務が終わったら、すぐにでも茨木の顔を見たいと願っているに違いない。

それを茨木が隠そうともせず喜んでいるのは忌々《いまいま》しいものの、そうした京橋の健気さは、楢崎の胸にも響く。

（いちばん大切な人との、絆のありよう……か）

それほどまでに想い合っている二人ならば、互いの間に確かに存在する絆を、どうにかして誰の目にも見える、誰からも認められる強固なものにしたいと願うのかもしれない。

それはそれで、ごく自然な欲求なのだろう。

だが……。

（チロと茨木が、勝手に考えればいいことだ。俺とまんじの関係は、あいつらとはまったく

違う）

心の中で独りごち、楢崎は無意識に指先でテーブルを軽く叩く。

確かに万次郎と身体の関係はあるが、そもそもは同情心となりゆき任せから始まったことだ。

同居が始まったのも、万次郎が勝手に転がり込んできたのが原因で、楢崎が望んだことではない。

（まんじは俺のことが世界でいちばん好きだそうだが、俺はそうじゃない。あいつと寝るのは恋愛とか、そんな甘ったるいことじゃない。ただの……）

ただの発散だと片づけようとしたのに、心の中でさえその言葉を発しかねて、楢崎は小さく舌打ちした。

隣席に聞こえるほどの音ではなかったが、自分が苛立っていることを無意識の仕草に教えられ、驚かされる。

確かに以前、何かの拍子に、もし万次郎が重い病になったら、自分はどうするだろうと想像してみたことがあった。

そのときは、色々あって多少気持ちが高揚していたこともあり、どんな方法でも……たとえそれが法を犯す可能性があっても、彼の命を助けるためなら、自分は手段を選ぶまいと思った。

だが、それはあくまでも「もし」の話だ。

そして、万次郎の命を助けたいというのは、恋愛感情というより、自分の家に住ませてやっている同居人への……そう、愛着のようなものだ。

(何より、俺は医者なんだ。医者なら、まんじに限らず、誰であろうと目の前に重病人がいて、そいつを助ける手立てが目の前にあれば、それがなんであれ手を伸ばしたい、命を救いたいと切望するだろう。その手立てが合法か非合法か、そして実際にその手段を選択するか否かは、またまったく別の話だ。相手への想い云々《うんぬん》ということではなく、医の倫理の問題だ。ああ、そうだとも)

自分の中でモヤモヤとわだかまる感情を力ずくで心の片隅に片づけて、楢崎は荒々しく席を立った。

そして、寒風吹きすさぶ中、酷く不機嫌な顔つきでカーディガンのポケットに両手を突っ込み、足早に医局へと戻っていった……。

＊　　　＊

それから、何事もなく二週間が過ぎた。

茨木はすっかり健康を回復して仕事に復帰し、彼が率いるプロジェクトチームの業務も、順調に進んでいる。

何より、彼の地での茨木の不当な勾留を不問に付した代償として、当初の予定よりも高品質なザクロエキスを驚くほどの好条件で仕入れられるようになったことが大きい。諸々の懸案事項が一気に解決し、研究開発が加速度的に進むようになったのだ。

「これぞ、文字どおりの『怪我の功名』ですね」と、茨木は笑いながら京橋にそう言った。

恋人が外国で行方不明になるという大事件に遭遇し、精神的な打撃が大きかった京橋も、再び戻ってきた茨木との安らかな暮らしに落ち着きを取り戻し、すっかり元通りである。

何より、三月に入って花粉症の患者が徐々に増え、アレルギーを専門にしている医師としては、いつまでも動揺してはいられなかったという一面もある。

楢崎と万次郎も、まったくいつもと変わらない早春の日々を過ごしていた。

楢崎は消化器内科で診療と研究に励み、万次郎は、老夫婦が経営する定食屋「まんぷく亭」の唯一の店員、そして血の繋がらない跡継ぎとして、調理に接客に八面六臂《はちめんろっぴ》の活躍を見せている。

講師になって以来、楢崎には指導者としての仕事が増え、そのせいで帰りが少し遅くなることが増えたが、それを除いては、生活に変わったところは特にない。

その夜も、楢崎は研修医の指導に時間を取られ、帰宅したのは午後十時前だった。

普段、何事もなければ午後八時までには家に帰っているので、いつもよりずいぶん遅い。笑顔で出迎えた万次郎と挨拶を交わし、風呂を使って上がってきたときには、もう午後十時半頃になっていた。

「腹減ったでしょ。たくさん食べて」

いかにも気の毒そうに楢崎を労いながら、万次郎はいつものようにテーブルいっぱいに料理を並べた。

メインは俵型に綺麗に巻かれ、ことこと煮込まれたロールキャベツだった。深皿に、スープに近いサラリとしたトマトソースと共に盛りつけられ、盛大に湯気が上がっている。ソースには、タマネギ、人参、そして刻んだベーコンが入っていて、実に旨そうな香りがした。

その他にも、タマネギと人参とキャベツだけで、マヨネーズを使わずにサッパリ仕上げたコールスローや、ふっくら炊き上がったご飯、そしてきんぴら牛蒡《ごぼう》、ほうれん草のおひたし、マグロ赤身の角煮などといった常備菜も添えられている。

楢崎は箸を取り、思わず卓上を見回した。

「もう遅い時刻だ。食事が終わったらすぐ寝なくてはならんのだから、こんなには食えんぞ」

「無理して全部食べなくていいよ。食べたいやつを、食べたいだけどうぞ。残ったら俺が食うし、明日の弁当に詰められるやつは詰めるから」

　そう言いながら、万次郎は楢崎と向かい合って座った。「いただきます」と言ってから、箸を取り上げる。

　万次郎の前にも自分と同じだけの料理が置かれているのを見て、楢崎は軽く眉をひそめた。

「先に食っていろとメールしただろう。待っている必要はなかったんだぞ」

　すると万次郎は、屈託のない笑顔で弁解した。

「ごめーん。でも、わざわざ待ってたわけじゃないんだ」

「と、いうと？」

「寝てた。だから俺も腹ぺこ」

　こともなげにそう言って万次郎はきんぴら牛蒡をご飯に載せ、大口に頬張った。しかしすぐに「あいてっ」と声を上げ、顔をしかめる。

　楢崎は、ロールキャベツを切ろうと手にしたフォークとナイフをいったん置き、万次郎の顔をつくづくと見た。

「どうした？　お前、何かあったのか？　別に昼寝や仮眠は珍しくないが、お前に限っては、あまり聞かない話だぞ。それに、顔をどうかしたのか？」

　すると万次郎は、照れ笑いしながらこう問い返してきた。

「先生から遅くなるメールもらったの、七時くらいだっけ？」

楢崎は、訝しげな顔のままで頷く。

「確かそのくらいだったと思うが」

「その後にさ、踏み台壊れちゃって。ああいや、俺が乗って壊したんだから、先生風に言えば、『壊れたんじゃない、お前が壊したんだ』ってことになっちゃうんだけど」

楢崎は、小首を傾げた。

「踏み台を、壊した？　ずっとうちの物置にあった、三段のやつか？」

万次郎は照れ顔で頷く。

「そうそう、あれ。先生が学生時代に買って、それからずっと使ってるって言ってたやつ。あれ、壊しちゃったんだ。ゴメン！」

両手を合わせて詫びられ、楢崎は怒るよりも困惑した様子で問い質《ただ》した。

「古いものだ。いつ壊れても別に不思議はない。だが、何をして壊したんだ？」

「それがさあ」

万次郎は、リビングの天井に取りつけられた、浅いドーム型の照明器具を指さす。

「リビングの電気を点けようとしたら、蛍光灯が一瞬光って、その後消えちゃったんだ。で、電球切れたなって思って物置を探したら、規格が合いそうな予備の電球があったから、交換することにしたんだよ」

ああ、と楢崎は軽く頷く。

「それで、あの踏み台を持ち出して交換しようとしたのか」

「そうそう。俺、リビングの電球を換えるの初めてだから、カバーの外し方がよくわかんなくてさ。金具どこだーって、台の上で上半身を捩《よじ》って頑張ってたら、急に、ガターンって外れちゃったんだよね」

「……それで、バランスを崩したというわけか」

「そうそう。身体が右に超傾いちゃって、右足だけに体重が乗ったのがいけなかったのかなあ。その瞬間、俺が乗ってた踏み台のいちばん上の段が、急に外れた……って気づいたのは後になってからで」

万次郎の口調が最後に来て急に曖昧になったので、楢崎は眉根を寄せた。

「後になってから？」

「やー、ほら。蛍光灯カバー、ガラスでできてるじゃん？　絶対落としちゃ駄目だと思って両腕で抱えたら、当たり前だけど俺本体はノーガードになるよね」

万次郎はあははと笑ったが、楢崎は呆れ顔で声を上げた。

「馬鹿か、お前は。まさか、手もつかずに床に倒れたのか？　それでどこか打ったのか？」

万次郎は照れ顔で頭を掻いた。

「たぶん、そういうことなんじゃないかなーって。気がついたら、蛍光灯カバーを抱えたまま床に転がってた。ちょっとだけ、気絶してたかも」

「……おい。気絶とは穏やかじゃないな。怪我はしていないのか？　いや、きっとどこか打っただろう。さっき、噛んだとき痛がっていたようだが、頭か？　それとも頬か、顎か？」

疲れと空腹を忘れ、楢崎は医師の顔になって厳しい口調で問い質す。万次郎は、やはり恥ずかしそうに、自分の右耳の上あたりを指さした。

「打ち身はあちこちあるけど、大丈夫。どうも踏み台から落っこちた拍子に、あのコーヒーテーブルの縁に頭のこの辺をぶっつけたみたい。気がついたら、俺もひっくり返ってたけど、テーブルもひっくり返ってた」

「ぶつけたって、本当に大丈夫なのか？　腫れは？　ふらついたり、吐き気がしたりはしないか？」

矢継ぎ早に問われ、万次郎は笑って片手を振った。

「だーいじょうぶだって！　気絶っていっても、ほんの短い間だけだし、血は一滴も出てないし、たんこぶもそれほどできてないし、気分も悪くないよ」

「だが、さっき、俺が帰るまで寝ていたと……」

「あはは、いきなりのアクシデントだったから、ビックリして気疲れしちゃったのかな。他の椅子を持ってきて、改めて電球を交換してから、ふー、やり遂げたってソファーに寝転がったら、そのまま寝ちゃっただけ」

万次郎の説明はあくまで楽観的だったが、楢崎はそれでも疑わしげに追及した。

「だが、さっき噛んだとき、痛がっただろう」

「ぶつけたのが、顎の関節の近くだからかな。さっき噛んだら突然痛くてビックリしちゃっただけ。きっと、そろっと噛んだらどうってことないよ」

「……本当か？」

なお疑わしげな楢崎に、万次郎はどこか嬉しそうな笑顔で頷いた。

「ホントだって！　先生がそんなに心配してくれるなんて、思わなかったな。てっきり、踏み台を壊したことを怒られるだけかと思ってた」

そのあっけらかんとした様子に、楢崎はようやく愁眉《しゅうび》を開いた。

「踏み台を壊した件は、まったく別だ。責任を持って、近いうちに新しいのを買っておけよ。何かと必要なものだからな」

「アイアイサー！」

万次郎は大袈裟な動作で敬礼してみせる。楢崎は、ゲンナリした面持ちで再びナイフとフォークを取り上げた。

「それから、こぶができていなくても、飯を食ったら保冷剤にタオルを巻いて、寝るまでの間くらいはぶつけたところに当てておけ。打撲したことに変わりはないんだからな」

すると万次郎は、「はあい」といい返事をして、ますます盛大に笑み崩れる。

「……なんだ？」

今度こそ柔らかなロールキャベツを切り分けながら、楢崎は眼鏡越しの上目遣いで万次郎を睨む。すると万次郎は、満面の笑みで言った。

「へへへ。やっぱ嬉しいな。大好きな人が俺のこと心配してくれるの、こんなに嬉しいんだねっ」

「……阿呆。さっさと食え」

「はーい。だけど、マジで嬉しいなあ。ね、先生、もっと心配してくれていいよ？」

「うるさい！　欠片《かけら》でも心配して大損をした。俺は飯を食う！」

やに下がる万次郎に閉口し、少しでも彼の体調を心配した自分に向かっ腹を立てて、楢崎は必要以上に大きくカットしたロールキャベツを、ザクリとフォークで突き刺した。そのままの勢いで、端整な顔の輪郭が崩れるほどの大口に頬張る。

「俺も食お。今日のロールキャベツ、自信作なんだ～」

黙々と食事をする楢崎を幸せそうに見守りながら、万次郎も、今度は慎重に、やんわりとロールキャベツを咀嚼する。

まだ少し、ぶつけたという右の顎関節周囲が痛そうだったが、嚙めないというほどでもないらしい。

二人はそれきり話題を他に移し、いつもより遅いが、いつもと同じ賑やかな食卓を囲んだのだった。

ところが、深夜。

ふと、ゴボゴボ……という奇妙な水音で、楢崎はふと目を覚ました。

瞼が、酷く重い。枕元の目覚まし時計を見ると、時刻は午前一時過ぎだった。まだ寝入りばなである。

（くそ、なんなんだ）

案の定、隣に万次郎の姿はない。

「あいつ……こんな時刻に、洗濯か洗い物でも思い出したのか。朝にすればいいものを」

忌々しげに舌打ちして、楢崎は身を起こした。

何をしているのか知らないが、起こされたことへの文句を一言言ってから、もう寝ろと叱ってやろうと思ったのである。

ところが、水音はあっさりやんでしまい、家の中は急に静まり返る。

「……まんじ？」

寝室から顔を出したところで、楢崎は呼びかけてみた。だが、返事はない。

「どこだ？」

パジャマにガウンを引っかけた楢崎は、裸足にスリッパ履きで寝室を出た。

廊下には、灯《あか》りが点いていた。万次郎の名を呼びながら、楢崎は歩いていく。

すると、トイレの扉が半分開いていて、そこから人間の脚が二本、ニュッと覗いているのに楢崎は気づいた。言うまでもなく、それは万次郎の太い脚、そして大きな足の裏だ。

「……まんじ⁉」

楢崎は、トイレに駆けつけ、扉を開け放った。

万次郎は、床にへたり込み、両腕で便器を抱くようにしていた。頭をほとんど便器内に突っ込んだ体勢だ。便器の中にも床にも、吐瀉物《としやぶつ》が散らばっていた。

おそらくさっきの水音は、万次郎が嘔吐《おうと》した音だったのだ。

それに気づいた瞬間、楢崎は血相を変えて自分も床に座り込み、万次郎の大きな身体を抱き起こした。

「まんじ！　おい、どうした、しっかりしろ！」

「う……うう、ぅ」

まるで犬のように唸った万次郎は、半眼《はんがん》に開いた瞼をピクピクさせるばかりで、言葉を口にすることができないようだった。それだけでなく、意識も朦朧《もうろう》としているようだ。

（これは……）

動転しつつも、楢崎は医師である。

決して万次郎の頭を揺さぶるようなことはせず、できるだけ静かにトイレから引きずり出し、床に仰向けに横たえた。

脈と呼吸を確かめ、口をこじ開けて、吐瀉物が詰まっていないことを確認する。

「まんじ？　わかるなら返事をしろ」

大きな声で呼びかけながら、軽く頬を叩いてみる。だが、万次郎の反応は、ごく微か、しかも曖昧なものでしかない。

「まさか……」

楢崎はハッとして、薄く開いた万次郎の両方の瞼を押し開いた。そして、瞳孔《どうこう》の大きさが左右で微妙に違うことを確認すると、万次郎をその場に寝かせたまま、特大の舌打ちと同時に立ち上がった。

「くそっ、何が大丈夫だ！　信じた俺が馬鹿だった」

吐き捨てるようにそう言うが早いか、彼はリビングに駆け込んだ。そして電話の子機を引っ掴むと、少しも迷うことなく、しかしどうしようもなく震える手で、一、一、九、とボタンを押した……。


翌朝、出勤した京橋は、耳鼻咽喉科のカンファレンスが始まる前に、病棟最上階へと足を向けた。

そこはいわゆる特別病棟で、他のフロアと違い、絨毯《じゅうたん》も調度品も、すべてが高級ホテル並みにゴージャスだ。無論、病室はすべて個室である。

高額な差額ベッド代を払ってこのフロアに入院するＶＩＰ患者たちを、医療スタッフ総勢で大いにもてなせ……とまでは命じられてはいないものの、このフロアがオープンしたとき、病院事務長からは、「丁寧な上にも丁寧な」応対をするようにとわざわざ指示が出ている。

ナースステーションに詰める看護師の数も他のフロアより多く、経験豊かでコミュニケーションスキルに長《た》けたスタッフばかりが選び抜かれている。

実は京橋の受け持ち患者のひとりが、手術を控え、昨日、このフロアの個室に入院した。いくら快適な空間といえども、自宅とは比べられない。昨夜はよく眠れたかどうかを確かめるために、朝一番に訪ねてみたのだ。

幸い、患者は快眠快便だそうで、朝食にもいたく満足の体であった。

ホッとして医局に戻ろうとした京橋は、ケーシーの袖をちょんと摑んで引き留められ、足を止めた。

いつの間にか傍らに立っていたのは、看護師の米山琴美《よねやまことみ》だった。まだ看護師としては新米だが、元秘書という異色の経歴の持ち主で、その頃に体得したメイク術と高い接客スキルを買われて、ここに配属されている。

「京橋先生は楢崎先生と仲良しだから、もしかして……あのう、もしかしてですけど、間坂万次郎さんって人、ご存じですか？」

琴美の口から思わぬ人物の名前を聞かされ、京橋は驚いて、コンタクトレンズが外れそうになるほど目を見開いた。

「知ってるけど、どうして君が？」

するとと琴美は、患者の個人情報を不必要に口にしている自覚があるのか、他の看護師たちに聞こえないよう、ヒソヒソ声で言った。

「昨夜……っていうか朝方、緊急入院してこられたんですよ」

「ええっ⁉」

思わず大声を上げた京橋の口元に片手を当てて、琴美は「しーっ」と慌てた様子で窘《たしな》める。京橋は慌てて謝り、自分も声をひそめ、早口に訊ねた。

「ごめん、でも間坂君がどうして？　何があったの？」

「昨夜遅くに、救急搬送されてこられたんです。脳外科で緊急オペを受けたんですけど、ICUが満床で入れなくて。容態が安定してるっていうので、こちらに入られたんです。間坂さんって、楢崎先生のお知り合いなんですか？　親しい？」

「あ……あー、ああ、まあ、えっと、そう……かな？」

万次郎が救急搬送されたなら、楢崎が無関係ということはないだろう。しかし、琴美に二人の関係をどう説明していいか思いあぐねて、京橋はひたすら言葉に詰まる。

すると琴美は、ますます声を小さくして、京橋の耳元で囁いた。

「楢崎先生のお身内なので、個室を急遽《きゅうきょ》用意して差し上げようってことで、特別にこのフロアの空き病室に入ったみたいなんです。病室でずっと楢崎先生がつき添ってらっしゃるんですけど、先生、パジャマ姿でいらっしゃって」

「ヒッ」

あまりのことに、京橋の喉が鳴る。琴美は、不可解そうな顔で小首を傾げた。

「どういうことなのかしら。ご兄弟じゃなさそうだし……。他のナースたちも、立ち入ったことを楢崎先生にお訊きするわけにはいかないし、そもそも訊ける雰囲気じゃないし、どうしようって困っちゃってて」

「と……」

「と？」

とにかく何か彼女たちを満足させる答えを与えておかないと、楢崎と万次郎の関係をあれこれ邪推されては困る。

慌ただしく頭を回転させ、京橋は必死で適当な言葉を探し、口にした。

「友達！　あの二人、友達でさ。楢崎先生は独身だから、間坂君にマンションの空いていた部屋を貸してるって聞いたよ。ええとアレ……なんて言うんだっけ」

「ルームシェア？」

「それそれ！」

図らずも琴美が最高に当たり障りのない言葉を発してくれたので、京橋は全力でそこにしがみつく。幸い、琴美は納得した様子で大きく頷いた。

「ああ、ルームシェアかあ。それで、楢崎先生が間坂さんの異状に気づいて、すぐに搬送の手配をなさったんですね。さすが楢崎先生だわ～」

とにかくこの場をごまかせたことにホッと胸を撫で下ろし、京橋はさりげないふうを装って言った。

「さ、災難だったね、楢崎先生。僕も間坂君とは面識があるから、ちょっと楢崎先生に一声かけてくるよ」

「そうしてあげてください。はあ、先生のおかげで、私たちも状況がわかってスッキリしましたぁ。七号室です」

「わかった。ありがとう」

京橋は礼を言うと同時に歩き出した。不自然でない範囲の全速力で、七号室に向かう。

軽いノックをして引き戸を開けると、このフロアでは比較的小さな個室のベッドに、本当に万次郎が横たわっていた。

その頭部は痛々しくガーゼとネット包帯に覆われて、口元には緑色の酸素マスクが装着されている。

そして枕元のパイプ椅子には、なるほど、寝間着の上にガウンを羽織った楢崎が、悄然《しょうぜん》と座っていた。スニーカーに突っ込んだ足は裸足である。

病室の窓には薄いカーテンが引かれているが、十分に光が入るので、室内は明るい。

「……チロ」

京橋の姿を認めた楢崎は、ゆっくりと彼のほうに首を巡らせ、掠れ声で名を呼んだ。

「先輩」

呼び返し、楢崎のほうに何歩か歩み寄るのがやっとで、京橋は思わず絶句してしまった。

そこにいるのは、京橋が一度も見たことのない楢崎の姿だった。

京橋が知っている楢崎は、いつも自信に溢れ、背筋を真っ直ぐ伸ばし、まさに風を切って歩いていく、理知的で臨機応変、常にクールな男だ。

だが、今の楢崎は、寝癖のついたままの髪をして、目の下に濃い隈《くま》を作り、あからさまに憔悴した顔をしている。背中も微妙に丸まって見えた。

「いったい間坂君、どうしたんです？」

どうにかシンプルな質問を投げかけた京橋に、楢崎は沈んだ声音で答えた。

「踏み台から落ちて頭を打ったと聞いたとき、もっと気にするべきだった。俺としたことが、あいつがいつもどおり元気にヘラヘラしているから、うっかり油断した」

「油断って」

腫れぼったく充血した目で京橋の顔を見上げ、楢崎はボソリと横文字を口にした。

「ヘマトーマだ」

踏み台から落ちた、頭を打った、元気にヘラヘラしていた……という医師国家試験の症例問題に出てきそうなキーワードに、京橋は思わず思い至った病名を口にした。

「急性硬膜外血腫ですか？　もしかして、元気だったのは意識清明期《ルシッド・インターバル》？　じゃあ、症状が急変したんですね？」

どうやら正解だったらしく、楢崎は、無精髭《ぶしょうひげ》の目立つ顎を小さく上下させた。

「ああ。深夜に、こいつが嘔吐して意識朦朧としているのに気づいた。慌てて確認すると瞳孔不同が出ていたから、すぐ救急車を呼んで、ここに搬送してもらったんだ。救急車の中で、脳外の当直のドクターに連絡がついて説明を済ませることができたから、受け入れ体勢を整えておいてもらえた」

京橋は、万次郎の頭を包帯をチラと見て、すぐ楢崎に視線を戻す。

「開頭したんですか？」

また、楢崎は頷く。

「右側頭骨に骨折があった。中硬膜動脈が破綻《はたん》するという、お約束のパターンだ」

「……ああ」

「CTで確認された血腫が、予想以上に大きかった。意識障害も進行傾向だったから、緊急手術で開頭し、血腫を除去してもらったんだ。まったく、無駄に血の気が多いだけのことはある」

「そんな冗談言ってる場合じゃ……。脳浮腫は？」

「幸い、ごく軽度だ。一応、グリセリンを入れてはいるがな」

京橋は、安堵の息を吐き、知らず知らずのうちに肩に入っていた力を抜いた。

「よ、よかったあ。いや、全然よくないけど、よかった」

楢崎も、力なく同意する。

「そうだな。発見も早かったし、処置も早かった。運のいい奴だ」

「じゃあ、後遺症は残らなそうなんですか？」

「断言はできないが、経験上、まず大丈夫だろうと、主治医がさっき言っていった。意識も、じきに戻るだろうと」

「ああ、よかった。さっき話を聞いたときには、何事かと思いましたよ。よかったなあ、間坂君」

まだ意識のない万次郎に、京橋はホッとした笑顔で呼びかけ、布団から出た肩のあたりをポンポンと優しく叩く。

そんな京橋を見やり、楢崎はいかにも大儀そうに立ち上がった。自分の服装をしげしげと眺め、深い溜め息をつく。

「着替える余裕もなく救急車が到着したから、こんな入院患者と間違われそうな服装で来てしまった。患者たちに無様な姿を見られる前に、いったん帰って着替えてから出勤しなくてはな」

そんな何げない楢崎の台詞に、京橋は目を剝いた。病室だということを忘れ、声のトーンを跳ね上げてしまう。

「は？　出勤？　何言ってるんですか、先輩」

楢崎は、むしろ怪訝そうに、そんな京橋を見返す。

「いくら病院にいるとはいえ、この格好で医局へ行くわけにはいかんだろう」

「じゃ、なくて！」

京橋は思わず、ベッドの柵に手をかけた。

「なんで仕事に行こうとか思ってるんですか！　間坂君がこの状態なのに、何考えて……」

「俺がいたところで、専門外だ。できることはこれといってない」

「先輩……」

啞然《あぜん》とする京橋に、楢崎は常識を語るような口調で言った。

「容態は安定しているし、ここは完全看護だ。俺が仕事を怠《なま》ける理由はどこにもないだろうが」

「……る、とか」

「なんだ？」

京橋の押し殺した声が聞き取れず、楢崎は京橋に一歩歩み寄る。

両の拳をギュッと握りしめた京橋は、次の瞬間、自分でも思ってもみなかった行動に出た。いきなり、楢崎のガウンの襟首を、両手で引っ摑んだのである。

「……ッ!?」

さすがの楢崎も、意表を突かれてよろめき、すんでのところで倒れ込まずに踏みとどまる。だが、大きく前に傾いだ彼の顔に自分の顔をくっつけ、京橋は怒りで掠れた声で訴えた。

「怠けるとか、そういうこっちゃないでしょう!」

「……チロ……?」

「意識がなくったって、大好きな人が傍にいてくれたら、間坂君はちゃんとわかりますよ! 何をどうしたら、こんな状態の間坂君を、ひとりで置いていこうなんて思えるんですかっ!」

「お……お前、何を素人《しろうと》みたいなことを言ってるんだ」

京橋の突然の激怒に、楢崎は息苦しそうにしながらも、困惑の面持ちになる。襟首をぐいぐい締め上げる京橋を宥めるべく、手の甲を軽く叩いてみたが、それは京橋をますます激昂《げっこう》させただけだった。

大声こそ必死で自制しているが、燃え上がるような怒りを抑えた声と視線に込め、京橋は熱っぽく囁いた。

「素人も玄人《くろうと》もありません! 大切な人の大事なときに、傍にいなくてどうするんですか。

せめて今日だけは、間坂君につき添ってあげてください。服は、俺が先輩の家から取ってきます。タクシーを飛ばせば、そのくらいの時間はどうにでもなります！」

「そんな必要は」

「あるんですッ！」

京橋は、楢崎の高い鼻先に噛みつきそうな勢いで力説した。珍しく、楢崎はただ戸惑うばかりである。

「あるって、お前」

「駄目です。間坂君から、離れちゃ駄目です。先輩は、間坂君が大変なときに、傍にいられるんですから！　今日だけは仕事に行くこと、俺が許しません。絶対に許しません！　医局にも、俺が休みの連絡を入れますから！」

（ああ……そうか）

いつになく高圧的な京橋の態度に、楢崎はようやく得心がいった。

トルコで茨木が警察に拘束され、酷く不安な気分で過酷な取り調べを受けていた間、京橋は遠く離れた日本にいたのだ。そのことを、彼は未《いま》だにとても辛い気持ちで思い出すのだろう。

首元を締め上げられている息苦しさに咳込みながらも、楢崎はなおも抗弁した。

「お前のときとは違う。何かあっても、俺は同じ病院内で仕事をしているんだ。すぐに駆け

つけられる」

「それでも、駄目です。人は、強いけど弱い。こんなに持ちこたえるんだって驚かされる患者さんもいるけど、ビックリするくらいあっさり亡くなってしまう患者さんもいる。そんなこと、俺より先輩のほうがよく知ってるでしょう？」

「……それは……確かに」

「いくら今、間坂君の容態が安定してても、脳のことです。どうなるかわかんないじゃないですか！　駄目です。先輩がなんと言おうと、今日だけは、ついていてあげてください。お願いします。一生のお願いですから！」

そこでようやく楢崎から手を離し、京橋は、膝頭に頭が当たるほど深く一礼する。

後輩の一途《いちず》すぎる想いをまともに受けて、さすがの楢崎も、それ以上の反論はできなかった。

「……わかった。だが、今日だけだぞ。医局には、俺が自分で連絡する」

「はい、今日だけ。家の鍵を貸してください。先輩のスーツ、どれでも取ってきますから」

京橋は、まだ憤りで強張った顔のまま、片手を突き出す。

「クローゼットのいちばん手前にかかっている、ダークグレーのスーツでいい。ワイシャツとネクタイは任せる」

そう言いながら楢崎がいかにも渋々ポケットから引っ張り出したキーケースを、京橋は引ったくるように受け取った。

「絶対、ここにいてくださいよ？」

強い口調で念を押してから、京橋は病室を出ていく。

なんとも言えない複雑な面持ちで、楢崎は再び椅子に腰を下ろした。

酸素マスクが立てるシューッという音が、万次郎の呼吸音を消してしまう。つい不安で、厚い胸板が上下しているかを確かめてしまう自分が滑稽だ。

「お前のせいで、チロに叱られたぞ、まんじ」

まだ意識が戻らないので、返事がないのがわかっていて、楢崎は万次郎に話しかけた。

「チロの奴、勝手に、お前を俺の大事な人間だと決めつけやがった。……まあ、いいさ。そこまで言うなら、今日だけはそういうことにしておいてやる」

だから、早く目を覚ませ。何か言え。

ほとんど声にならない声で囁き、楢崎は鈍く痛み始めたこめかみを指先で押さえた……。

五章　たいせつなひと

万次郎が緊急入院した日、京橋と茨木が帰宅したのは、午後十時過ぎだった。

京橋から報せを受けて、茨木も仕事帰りにK医大に駆けつけ、万次郎の病室を訪ねた。

幸い、楢崎の発見が早く、その後の処置や手術が適切かつ迅速だったおかげで、万次郎の脳の状態は、驚くほどの改善を見せている。

本来ならばいつ意識が戻っても不思議ではないし、刺激には適切に反応するものの、万次郎はまだ完全覚醒《かくせい》には至っていなかった。

そんな状態では、自分たちが長く病室に留まっても、なんの役にも立たない。

茨木も京橋もそう感じつつ、病室に詰めきりの楢崎をひとりにするのが忍びなくて、結局、面会時間が終了する午後九時まで、共に万次郎を見守っていた。

朝は、いつもどおり仕事に行くと強がって京橋に叱責された楢崎だが、やはり本心では万次郎から離れがたいのだろう。面会時間が終了しても、「無給の自主当直だ」という謎《なぞ》の弁解をして、万次郎の病室に留まっていた。おそらく、明朝までつき添うつもりだろう。

楢崎と万次郎、二人ともを案じつつ、茨木と京橋は駅前の蕎麦屋《そばや》で軽い夕食を摂《と》り、自宅に帰ってきた。

「はー、今日は朝からビックリしたせいで、妙に疲れたな。って言っても、楢崎先輩とは比べものにならないんだけど……わっ」

スニーカーを脱いで家に上がろうとした京橋は、上がり框で蹴躓《けつまず》いて驚きの声を上げた。

「危ない！」

身体が前に傾いだと思うより早く、茨木の長い腕が背後から京橋の腰に回され、しっかりと抱き留められる。

「大丈夫ですか？」

「あ、あー……ごめん。躓いた。玄関で転びかけるなんて、今までいっぺんもなかったのに」

安堵と脱力感で、京橋は思わず身体の力を抜いた。まだ靴を履いたままの茨木の広い胸に、軽くもたれかかる。茨木のほうも、もう一方の腕を京橋のウエストに軽く回した。肉の削げた脇腹を、ダッフルコートの上からポンポンと軽く叩く。

「間坂君のこと、あまりにも突然でしたからね。無理もありませんよ。僕だって、とても驚きました。プロジェクトの会議がなければ、すぐにでも早退したかった」

「……ん。だよな。俺も仕事中、しょっちゅう気になって困ったよ」

「お互い、気疲れしましたね。さ、今度は気をつけて上がって」

名残《なごり》惜しそうに腕をほどかれ、優しく背中を押される。

倒れたのは万次郎なのに、まるで自分が傷ついた子供のような扱いを受けているのが情けなく、しかし心のどこかでくすぐったく思いながら、京橋は今度こそ足の裏に力を入れ、上がり框の冷たいフローリングをしっかりと踏んだ。

「すぐに風呂に湯を張りますから、リビングでゆっくりしていてください」

いそいそと世話を焼かれ、戸惑った京橋は、浴室へ向かう茨木の後をついていった。

「……どうしたんです？　こんな作業に、二人は必要ありませんよ」

それこそ幼子をあやすような口調で言われ、京橋は膨れっ面で言い返した。

「だって、疲れてんのは茨木さんも同じなのにさ。俺だけソファーにどっかと座って、風呂まだー？　とか言えないじゃん」

「それくらいの可愛い我が儘《わまま》なら、いつ、どれだけ言ってもかまいません」

面長の優しい顔をくしゃっとさせて笑い、茨木は慣れた仕草で浴槽の底の栓を確かめ、

「自動お湯張りボタン」を押した。それから浴室を出て、ぼんやり自分の作業を見守っていた京橋の肩を抱く。

「さて、風呂の支度ができるまで、ソファーに座って、何か飲んで待ちましょうか。熱いコーヒーでも」

リビングに向かって歩きながら、京橋は言った。

「じゃあ、それは俺がやる」

「では、今度は僕が見守る係で」

「いいよ、そんなの。ひとりでできる」

「僕もさっきそう言いましたが、あなたは離れなかったでしょう?」

「うう……」

他愛ないやり取りをして、今度は二人でキッチンに立つ。

湯を沸かし、ガラスのポットの上にフィルターをセットし、細かく挽いたコーヒー豆を二人分掬い入れる。

そんな京橋の作業を前言どおり見守りつつ、マグカップを二つ出して調理台に置き、茨木は静かに言った。

「禍福《かふく》はあざなえる縄のごとしと言いますが、誰よりも元気な間坂君が、まさかあんなことになるとは。わからないものですね」

シュンシュン音を立てるやかんの湯をコーヒー豆の上から細く注ぎ、蒸らしながら、京橋も応じる。

「それを言うなら、茨木さんがトルコ警察に拘束されるってのも、たいがい『あんなこと』だったけどな」

「確かに。それを言われると、返す言葉がありませんよ」

二人は顔を見合わせ、小さく笑った。

茨木が無事に帰ってきて、平穏な日常が戻り、あのつらい日々をこうして笑い事として思い出せることがいかに幸せか。

万次郎の不慮の入院を機に、京橋も茨木も、それを再び痛感していた。

だが、それ以上、茨木のことにも万次郎のことにも言及せず、京橋はこんなことを言い出した。

「あんまりこんな時刻に言うことじゃないかもだけど、ちょっと甘いものが食べたいな。あんまりしつこくない、でもしっかり甘くて、柔らかいもの」

茨木は微笑んで同意した。

「夕飯に、蕎麦しか食べていませんからね。許容範囲ですよ。甘いものが食べたくなるのは、疲れた身体と心が欲しているからです。供給しましょう」

「茨木さんも?」

問われて、食器棚にもたれて立っていた茨木は、頷いて背中を棚から浮かせた。

「ええ、僕もなんとなく物足りない感じがしていました。あなたの言葉で、確信しましたよ。

僕たちに今必要なのは、長かった一日をささやかに労ってくれる、甘くて柔らかくて美味しいものです。でも、何があるでしょうね」

そう言いながら、茨木は食糧を入れておくカップボードを開けた。中を覗き込み、首を横に振る。

「ピンと来るものがないな。焼き菓子という気分ではありませんよね」

「んー、ちょっと違うかも」

キッチンには、コーヒーの芳ばしい香りが漂っている。湯をたっぷり注いだフィルターからは、ガラス製のポットに向かって、濃い褐色の液体が細く滴った。

茨木は次に冷蔵庫を開け、やはり力なく首を振って、最後にフリーザーの扉を開けた。

そこで彼は顔を輝かせ、奥のほうに手を突っ込んだ。

「一つだけですが、いいものがありました」

「ん？」

役目を終えたコーヒー豆をシンクのゴミ入れに放り込み、京橋は茨木のほうを見る。茨木は、悪戯っぽく笑って、フリーザーの奥で見つけ出したものを京橋に見せた。

「お望みの、しつこくない、でもしっかり甘くて、柔らかいものです」

彼の手にあったのは、バニラアイスクリームの小さなカップだった。コンビニエンスストアで買える中では、そこそこ高級な部類に当たる代物である。

それを見て、京橋は顔を輝かせた。

「アイスか！　いつ買ったんだっけ」

「さあ。でも、大丈夫そうですよ」

そう言いながら、茨木は容器の蓋を開け、食器棚から小さなスプーンを取り出した。

ほんの少し固めの象牙《ぞうげ》色のアイスクリームを、ステンレスのスプーンでゆっくり、そしてたっぷりと掬う。

それを京橋の口元に差し出し、茨木は「どうぞ」とニッコリした。

「………どうも」

自分で食べると言ったところで、聞き入れる相手ではない。これまでのつき合いでそれが十二分にわかっている京橋は、抗《あらが》わず、スプーンをパクリと口に入れた。

バニラの甘い香りが、口じゅうに広がる。ゆっくり溶けていくアイスクリームの甘さが、疲れた身体に染み渡るようだった。

「美味しいですか？」

「うん」

「もう一口？」

「うん」

小鳥の雛《ひな》に餌《え》づけでもするように、茨木はもう一度アイスクリームを掬って、京橋の口に運んだ。

「さあ、どうぞ。……えっ？」

しかし、楽しげだった茨木の顔に、驚きと焦りの表情が浮かぶ。

幸せそうにアイスクリームを味わっていた京橋の目から、突然、大粒の涙がこぼれ落ちたのである。

「どうしたんですか？　なぜ、泣いたり……」

「だって、あんたが」

泣いていることを隠そうとせず、京橋は涙が頬を流れるままにして、茨木の顔を見上げた。

茨木は呆気《あっけ》にとられながらも、アイスクリームの容器とスプーンを調理台に置き、京橋に歩み寄った。

「僕が？」

「アイス。思い出したんだ。それ買ったの、あんたがトルコで行方不明になってたときだ」

どこか懐かしそうに言って、京橋はアイスクリームのえんじ色の容器に触れた。水滴が、指先を軽く濡らす。

「食欲なくて。でも、何か食わないと倒れるな、仕事に支障が出るなって思って、駅前のコンビニに行ったんだ。ひとりぼっちでいるのも嫌だったし」

「……………」

茨木は瞬《まばた》きで先を促す。京橋は、容器から手を離し、涙声で話を続けた。

「コンビニにはいっぱい食べ物があったけど、何も食べたくなくて……せめてアイスならって思って、これを一つだけ買って帰った。だけど結局、どうしても食べる気がしなくて、フリーザーに放り込んでそのまま忘れてたんだ。それを今、あんたが見つけた」

「珪一郎さん……」

京橋の前に立った茨木は、静かに右手を差し伸べた。その大きな手のひらに、京橋はそっと涙に濡れた頬を押し当てる。茨木の骨張った指が、京橋の頬を柔らかく包み込んだ。

「あの日の、不安に押し潰されそうだった自分に、教えてやりたかったなって思った。お前が今夜買ったアイスは、そのうちお前が待ち続けてる奴が開けて、呑気な笑顔で食べさせてくれるんだぞって」

喋りながら、京橋の目からはポロポロ涙がこぼれ落ちる。茨木はたまらず、京橋を抱き寄せ、唇を重ねた。

少し冷たい京橋の舌からは、アイスクリームの甘い味がする。

何度か唇を合わせてから、茨木は京橋の額を自分の首筋に押し当てた。しゃくり上げる背中を、何度も優しく撫でる。

「僕はね、珪一郎さん」

京橋を両腕で抱いて、茨木は囁いた。

「空港で僕を出迎えてくれたときのあなたの泣き顔を、この先の人生を歩んでいくための、ただ一つのお守りにしようと思ってるんです」

「……え？」

京橋はゆっくりと顔を上げる。

その滑らかな頬を濡らす涙を親指の腹で優しく拭い、茨木は京橋の赤くなった目を覗き込む。

「僕が生きていることを、あんなにも喜んでくれる人がいる。そのことを思い出すたび、身体の奥底から力が湧いてきます。……勿論、二度とあんなふうにあなたを泣かせはしないと心に誓いましたが、同時に、あなたの涙が、僕のお守りです」

「……矛盾してる」

「でも、それが本当の気持ちですから」

仕方がありませんと小さく笑って、茨木は愛おしげに京橋を見つめた。

「こんな夜にあなたが欲しいと言ったら、不謹慎でしょうかね」

声には躊躇いがあったが、京橋のほっそりした腰に回された手には、拒まないでほしいと乞《こ》うようにグッと力がこもる。

京橋は、強引なくせに、変なところで臆病な恋人を見つめ返し、その顔から眼鏡を取り去った。

ステンレスの調理台に眼鏡を置くコトリという音が、静かなキッチンにやけに大きく響く。遮るもののなくなった茨木の瞳が、期待と不安を雄弁に伝えてくる。

「こんな夜だからこそ、大事な人に触っていたいって思うもんだろ」

そう囁くと、京橋は両腕を恋人の首に回した。そして、何か言いかけた茨木の唇を、自分の唇で深く塞《ふさ》いだのだった。


とても、いい夢を見ていたような気がした。

だが、どんな夢だったかは思い出せない。

遠くから、声が聞こえた。

『助かりましたわ、先生がいてくださって』

『言ったろう、自主当直中だと。言ったからには、患者の処置は当然の仕事だ。礼を言われるようなことじゃない』

(あ……先生だ)

一方は女性、もう一方は、間違えようのない楢崎の声だった。

万次郎の意識は、楢崎の声を追うように、ゆっくりと深い眠りから浮き上がっていく。

『自主当直、ねえ。特別病棟だからこそ、目をつぶるんですよ。患者さんのご家族には、完全看護ですからってお話しして、お引き取り願ってるんですから』

『わかっている。医者みずからが規約を破っては、示しがつかんと言うんだろう。だからこそ、こうしてイレギュラーな診察も……』

『はいはい、わかっております。先生は、自主当直のついでに、間坂さんの様子を見てらっしゃるんですよね』

笑いを含んだ女性の声に、万次郎はまだ覚醒の途中、心の中で首を捻る。

（あの女の人、誰だろ）

『早く、意識が戻られるといいですね』

『ああ、ありがとう』

『できることがありましたら、なんでもおっしゃってください。あと、先生もちゃんとお休みになってくださいよ』

『そっちも、また他の患者に何かあったら、遠慮せずに言ってくれ』

会話はそれきり途絶える。

しかし、誰かが傍にいる気配がした。

（先生が近くに……いるのかな）

万次郎の意識は、ようやく覚醒という水面にたどり着いた。

ずっと泳ぎ続けてきた人が、最後の力を振り絞って岸辺の葦《あし》を掴むように、右手が冷たい布団カバーをギュッと握る。

なぜかとてつもなく重い瞼をゆっくりと開け、万次郎は、楢崎の名を呼ぼうとした。

しかし。

「う……う、ううぅ……?」

実際に彼の口から漏れたのは、まるで犬の警告吠えのような、言葉にならない嗄《しわが》れ声だった。

口の中が乾ききっているせいで、舌の表面が固まったようになって、上手く動かせない。喉もイガイガして、なんだかとても気持ちが悪い。

頭は割れそうに痛むし、みぞおちのあたりはムカムカするし、血液を抜きまくられたように、全身が怠い。

何より、薄暗い室内の中、スタンドライトらしき光に照らされた視界の端に、物凄く怒っている人がいるような気がする。

(……あ、れ?)

まだ上手く頭が働かないまま、万次郎は人の顔が見えるほうに顔を向けようとした。

「う」

それだけの動作が、酷くつらい。油が切れた蝶番《ちょうつがい》を無理矢理動かしているように、体じゅうの筋肉が軋《きし》んでいるのがわかる。

それでもゆっくりと首を巡らせた万次郎の目に映ったのは……パイプ椅子にどっかと座り、

腕組みして、言い様のない凶相で自分を睨めつけている楢崎の姿だった。

なぜか、ワイシャツ・ネクタイの上に白衣を着込んでいる。

おまけにどうやら、とてつもなく怒っている。

楢崎が不機嫌なのは別段珍しいことではないが、こうもあからさまに激怒することは、さすがに滅多にない。

「せんせ？」

幾度も唾を飲み込み、どうにか掠れ声で呼びかけた万次郎に、楢崎は何も応えなかった。

「……先生？」

もう一度呼びかけると、楢崎は腕組みを解き、ギュッと目を閉じて、深い溜め息をついた。

なぜか、いつもは端整な彼の顔が、今はとてもやつれて見える。

「先生？」

万次郎が三度《みたび》呼ぶと、楢崎はゆっくりと目を開けた。その一文字になっていた唇が、小さく動く。

「この阿呆が。ど阿呆が」

絞り出すようにそれだけ言うと、楢崎は右手の指をギュッと握り込んだ。いわゆる、殴る気満々の握り拳である。

だが、万次郎の頭の包帯を見て、鋼《はがね》の自制心でどうにかこらえたらしき彼は、立ち上がると、右手を万次郎の顔にジリジリと差し伸ばした。

額に手を当てられるのかと思った直後、万次郎は悲鳴を上げる。まさかの渾身のデコピンが、彼の額を直撃したのである。

「い、いたたたた。酷いよ、先生」

鋭い痛みで目の前に星が飛んだが、おかげで少し頭がシャッキリした。一度悲鳴を上げたせいか、声も少し出しやすくなった気がする。

額を押さえ、涙目で抗議する万次郎に、楢崎はさらなる一撃を繰り出そうと、人差し指にぐぐぐっと力を込める。

「ちょ、やめて！　待って待って、なんだかわかんないけど、俺が悪い⁉」

「お前以外の誰が悪いと言うんだ！」

棘《とげ》だらけの声音でそう言い、それでも楢崎は、ベッドの片隅に手をついて、万次郎の顔をじっと見下ろした。

「具合は？　一応、まともに喋れるようだが、手足は動くか？」

「ちょっと気分悪いけど……何？」

「いいから、動かしてみせろ」

「……うん？」

万次郎は、両の手足を動かし、手指を何度か握り込んでみせる。すると楢崎の強張っていた表情が、あからさまに緩んだ。

「ああ……ちゃんと動くな。瞳孔の大きさも左右同じだ。いや、もういい。それ以上動くな。安静にしていろ。……頭は？　痛むか？」

万次郎は、枕に頭を預けたまま、頷いた。

「何か、右側が、痛い……？」

「馬鹿、触るな。とにかくじっと寝ていろ」

楢崎は慌てて万次郎の右手を押さえたが、一瞬、頭を包むネット包帯に触れ、万次郎は不思議そうな顔をした。

「俺、なんで……？　先生がその格好って、もしかして、ここ」

「K医大の病室だ」

短く答えて、楢崎は再びパイプ椅子に腰を下ろした。そして、万次郎を軽く睨んで簡潔に問いかける。

「何も覚えていないのか？」

「病室って、俺……あっ」

意外すぎる現在地に呆然としていた万次郎は、ようやく甦った記憶にハッとした。

「俺、寝てたらすっげー気分悪くなって、ベッド降りたら、すげえふらついたんだ。真っ直ぐ歩けなくて、床を這ってトイレに行って、滅茶苦茶吐いて……そっから、どうしたんだっけ」

　楢崎は、ムスッとした顔で、妙に満足げに頷く。

「記憶障害もなさそうだな。……お前はトイレでそのまま倒れたんだ」

　万次郎は、寝たまま腫れぼったい目をパチパチさせる。酸素マスクはすでに取り外され、乾いた唇が戸惑いながら開く。

「倒れた？　俺、どうしちゃったの？」

「急性硬膜外血腫」

　流暢《りゅうちょう》に告げられた診断名に、万次郎はますます面食らった様子で復唱を試みる。

「急性……こ、鼓膜が？」

「硬膜外血腫だ。つまり、踏み台を壊して側頭部を強打したとき、お前、頭蓋骨にヒビを入れていたんだ。そして、頭蓋の内側に溝を掘るように走行する動脈が、骨折によって破綻した。……つまり、折れた骨の巻き添えを食って、血管が破れたということだ」

「うわ……それ、大変？」

「当たり前だろう」

　苦虫を噛み潰したような顔で言い放ち、それでも楢崎は、万次郎のためにできるだけ平易な言葉を選び、解説を続けた。

「出血は時間をかけて大きな血の塊を作り、それが脳を圧迫して、お前が言うところの『気分が悪い』という状態を引き起こしたんだ。俺が気づかなかったら、お前はあのままトイレで、しかもゲロまみれで死んでいた」

「うわ……。じゃあ、先生が、俺を？」

「すぐに救急車を呼んで、K医大に搬送してもらった。CTで見たら、血腫……血の塊がかなり大きかったから、すぐに開頭したんだ」

「かいとう？　解凍？　俺の脳、溶かされちゃったの⁉」

「阿呆。その字じゃない。頭を開く、のほうだ」

「ええっ？　あ、あいたた」

頭を開くという言葉の響きに驚き、万次郎は思わず身を起こそうとして、頭部の痛みに情けない声を上げる。楢崎は腰を浮かせて、万次郎の肩をグイと押さえた。

「馬鹿、安静にしろと言っているだろう」

「だ、だ、だって、俺の頭、ぱかーんて開けられたの⁉　だから痛いの、今？　えっ、脳、取られちゃった⁉」

「……あのな。脳を取られたら、お前はそうやってペラペラ馬鹿みたいに喋っていられるわけがなかろう。というか、生きていられるわけがない」

「あ、そ、そっか。じゃあ」

「開頭術といっても、頭蓋骨の一部に小さな窓を開けて、そこから血腫を取り除くという手技だ。別に、炊飯ジャーの蓋を開けるように、お前の頭を開いたというわけではない」

「ふわあ……」

そこでようやく自分の身に起こったことを理解した万次郎は、感嘆とも驚愕ともつかない、魂が抜けたような声を上げる。だが万次郎は、すぐにハッとして楢崎を見た。

「待って、じゃあ、あれから」

「まる一日が過ぎた」

「店！　どうしよう、仕事」

「無論、『まんぷく亭』のマスターご夫婦には、俺から連絡を入れた。とても心配しておられたから、明日の朝、電話で声を聞かせて差し上げろ」

「あ……あ、うん。よかったあ、無断欠勤になってなくて。先生、ありがと」

ホッとした様子で笑う万次郎に、楢崎は再び、心底呆れたといった顔つきで盛大に溜め息をついた。

「まったく。仕事の心配までできるようなら、もう大丈夫だな」

そんな言葉と共に、楢崎はゆらりとベッドに上体を突っ伏した。脇腹に乗り上げた楢崎の頭に、万次郎は慌てて手を伸ばす。

「ちょ、先生？　だいじょぶ⁉」

「当直の脳外科医を呼ぶ前に、少しだけ放っておいてくれ。……お前のせいだぞ」

パリッと清潔な布団カバーに顔を伏せ、楢崎はモゴモゴと言った。万次郎が呼吸すると、楢崎の頭までもが一緒になって上下する。

「お、俺のせい？」

寝たまま焦った万次郎は、楢崎の黒髪を恐る恐る撫でる。楢崎は、駄々っ子のように言った。

「俺はちゃんと訊ねたぞ、大丈夫かと！　お前が大丈夫だと言い張ったんだ！　それを信じたばっかりに、肝を冷やす羽目になった。今後、お前の『大丈夫』など、一切信用しないからな」

楢崎の顔は見えなくても、その声音が、今まで聞いたことがないほど乱れていることで、彼の心の内が手に取るようにわかる。

万次郎は、小さな声で問いを重ねた。

「先生が見つけてくれなかったら、俺、今頃死んでた？」

もそり、と楢崎の頭が上下する。

「じゃあ、先生が俺の命の恩人なんだね。……ねえ、もしかして先生、昨夜からずっと俺についててくれたの？」

もう一度、もそりと頷いた楢崎に、万次郎は胸を衝《つ》かれる。

「ごめんね。凄く、心配かけたよね？」

だが、その問いかけに対しては、楢崎は棘々しい声で即座に言い返した。

「心配だと？　心配なぞ、しているものか！　ふざけるな」

「う、そ、そっか……。ごめん」

鞭打《むちう》つような鋭い叱責に、万次郎は思わず首を竦める。だが、鋭い口調のままで、楢崎はこう続けた。

「心配などという甘っちょろい言葉で済むとでも思っているのか、お前は」

「えっ？」

咄嗟に楢崎の言葉の意味がわからず、ただ戸惑うばかりの万次郎の鼓膜を打ったのは、絞り出すような楢崎の声だった。

「こんな思いは、二度としたくない。……いや、二度としてやらんからな」

「あ……」

心配どころの騒ぎではなかった……と、楢崎は実にわかりにくく告げているのだ。それに気づいて、万次郎は言葉を失う。

楢崎はそれきり何も言わず、顔も上げず、ただ、ダラリと垂れていた右手をゆるゆると持ち上げ、布団の上に載せた。

「……ごめんね、先生」

万次郎は、重く感じられる右腕を、ゆっくりと動かした。そして、肉厚の大きな手を、楢崎の手に重ねる。

白い楢崎の手は、彼の精神状態をそのまま反映したように、驚くほど冷たかった。

「ごめん」

もう一度、心からの謝罪を口にした万次郎に、やはり楢崎は何も応えようとしなかった。

だが、言葉の代わりに、楢崎の指が、万次郎の手を捉《とら》える。

ゆっくりと互いの指を絡め合わせ、楢崎は、温かいな、と消え入りそうな声で呟いた。

「生きてるからだよ。俺、先生のおかげで、ちゃんと生きてるから」

やはり何も言わず、しかし万次郎の体温をもっと感じようとするように、楢崎の指がさらに強く、万次郎の手の甲を引き寄せる。

二人はそのまま、ただ黙って、手を握り合っていた……。


「あ」

「なんだ？」

「雪」

万次郎の言葉に、病棟回診のついでに見舞いに来た楢崎は、背後の窓を振り返った。

そこで初めて、雪がちらついているのに気づく。

ただでさえ雪が降ることは少ない都会だ。三月の雪は、なお珍しい。

「今日、寒い？」

万次郎に問われて、楢崎は小さく肩を竦めた。

「まあ、時期相応だが、それなりに寒い」

「そっか。病室にいると、外がどんなふうか全然わかんないね」

「病人のためには、環境を一定に保つことが大事だからな。だが、そんな過保護も今日限りだぞ」

楢崎のさりげない言葉に、ベッドの上に身を起こしていた万次郎は、目を輝かせた。

「もしかして、退院決まった⁉」

楢崎は、ニヤリと笑って頷く。

「明日だ。意外と早く出られて、よかったな」

「やったー！」

万次郎は、勢いよく両手を天井に向かって突き上げた。

緊急入院して、今日で十二日目になる。頭蓋骨に開けられた窓はまだ塞がっていないので、頭にネット包帯は残っているものの、容態はすっかり快方に向かい、もっぱら退屈を持て余していたため、喜びもひとしおである。

「じゃあ、俺もうすっかり大丈夫なの？」

「とは言えん。再出血は、最低でも数ヶ月の間は用心しなくてはな。とはいえ、日常生活に特に制限はないし、無理のない範囲で、仕事をしてもかまわんそうだ」

「よしッ」

「とりあえずの退院祝いだ。食いたがっていただろう、ほら」

楢崎は、パリッとした白衣のポケットから何かを取り出すと、ガッツポーズを作っている万次郎に向かって無造作に放り投げた。

「えっ？　わわっ」

慌てて両手でそれを受け止めた万次郎は、ますます笑みを深くする。

「やった、アイス！」

それは、楢崎がここに来る途中、売店で購入してきたアイスクリームだった。正確にいえば、アイスクリームはカップの中央のみで、周囲は苺味のかき氷である。

「ちゃんとした祝いは、明日の夜にでもしよう。何が食いたいか、考えておけ」

袋に入ったプラスチックのスプーンを差し出し、楢崎はそんなことを言った。

「マジで！　えっと……」

アイスクリームの蓋を開けた万次郎は、しばらく考え、それからふとこう言った。

「晩飯、俺の好きにしていいの？」

楢崎は、無造作に答える。

「かまわん。お前の退院祝いだからな」

するとと万次郎は、こう言った。

「じゃあ、俺に作らせてよ。病院からの帰り、スーパーに寄ってあれこれ買ってさ」

思いがけない希望に、楢崎はメタルフレームの眼鏡をかけ直し、軽いしかめっ面をする。

「何を言ってる。今さら変な遠慮をせずに、好きなものを……」

「うん、だから、俺が作りたい。遠慮じゃなくて！　だって先生、俺が入院してる間、毎日の晩飯……」

「は、この前のお返しだと言って、茨木とチロが一日おきに呼んでくれていたから、不自由はしていなかったぞ。そう言っただろう」

万次郎は、真面目な顔で頷いた。

「うん。だけどやっぱし、俺の飯を早く食ってほしいんだ。それに、俺がいちばん好きなのは、俺が作った飯を食って、『旨い』って言ってる先生の顔だから！　だから、俺の好きにしていいなら、晩飯は俺が作りたい」

「…………」

万次郎の「希望」に、楢崎は不機嫌そうな表情で黙り込む。万次郎は、アイスクリームを食べようとスプーンを持ったままの手を中途半端な高さで止め、待てを命じられた犬のような目で楢崎の顔を見上げる。

それでもなお沈黙していた楢崎は、ふいっと万次郎から顔を背け、どんよりした灰色の空から舞い落ちる雪に視線を転じて、口を開いた。

「ハンバーグだ」

「えっ？」

「……お前が、俺に初めて作って食わせた料理だ。この期に初心に戻るのもよかろう」

驚くほどの早口でそう言うが早いか、楢崎は革靴を鳴らし、スタスタと病室を出ていってしまう。

「先生……覚えててくれたんだ」

かつて自分が暮らしていた古い木造アパートの部屋に楢崎を初めて招き、瀕死《ひんし》の炊飯器で炊いた米と、心づくしの大きなハンバーグでもてなした夜のことが、まだ楢崎の心の中にあったのだ。

それを知って、驚きの表情のままで固まっていた万次郎の顔が、ゆっくりと笑み崩れていく。

初対面は病院の処置室だが、本当の意味で二人の関係が始まったのは、あのハンバーグの夜からだ。

命拾いをして再出発の夜、その、自分たちのスタート地点に立ち返れという楢崎のメッセージが、万次郎の胸にジワジワ染みていく。

「原点に返る……かあ。だけど俺、あの頃よりは腕上げてるし！　明日の夜は絶対、超旨い！　って言わせてみせるっ。ええと、まずはタマネギを刻んで……」

早くも心は一足先に、楢崎家のキッチンに戻っているらしい。万次郎は目をつぶり、早速、ハンバーグ作りのイメージトレーニングを始めたのだった。

＊　＊

四人で花見会食をした三日後。

「ええっ、明日雨なのぉ？」

エレベーターから降りた途端に聞こえてきた女性の甲高い声に、楢崎は面食らって足を止めた。

場所は消化器内科の病棟である。あまり大声を聞くことのないはずの場所だ。

見れば、女性はロビーの一角、携帯電話の使用が許されたエリアで、スマートホン片手に誰かと通話中のようだった。

相手の声が聞こえにくくて、つい大声になってしまっていたのだろう。受付の看護師に手振りと視線で「静かに」と注意され、こちらも通話を続けつつ、全身を使ったアクションで「すみません」と謝っているのがなんとも可笑しい。

女性を苦笑いでチラと見やって、楢崎はナースステーションに足を踏み入れた。

「あ、楢崎先生。大場《おおば》さん、ガスがだいぶ出て、腹痛もかなり治まったとのことです。さっき覗いたら、よく眠っておられました」

患者の点滴をステンレスのワゴンに用意しながら、中堅どころの看護師が声をかけてくる。

楢崎は、手近なノートパソコンで自分の患者のカルテに目を通しながら応じた。

「そうか。気になっていたから、様子を見ようと思って来たんだが、ようやく腸が動き始めたな。これで一安心だ」

「そうですね。奥さんもホッとしたみたいで、いったん帰られました」

相づちを打つ看護師のナース服は淡いピンクで、桜の花を連想させる。

昨年末まで、一般病棟の看護師の制服は昔ながらの純白だった。しかし、その白が患者を緊張させてよくないとのことで、新年を機に淡いピンクに切り替えられたのである。

もしや医師の白衣もピンクに……と一部の医師たちは戦慄《せんりつ》したが、そこは上のほうの誰かの意志が働いたのか、今のところは変更されていない。

「ところで実際、明日は雨なんだろうか」

そう言いながら、楢崎はロビーのほうをふと見やった。患者たちが憩うロビーは壁一面分がガラス張りで、日光がふんだんに入るよう設計されている。

午後の日差しはどこまでもうららかで、とても雨が降るようには見えない。

だが看護師は、無造作に答えた。

「そうみたいですよ。早朝からけっこう本格的に降るって、天気予報で言ってました」

「……ほう」

「先生、お花見は？」

「この前の週末、仲間内で済ませた。桜並木を見下ろしながら、中華料理を食べたよ。まだ七分咲きだったが、早めにやっておいてよかった」

楢崎がそう言うと、看護師は心底羨《うらや》ましそうな顔をした。

「さすが楢崎先生、抜かりないですねえ。あーあ、せっかく桜が満開になったのに。もう明日で散っちゃいますね。週末まで持たなそうで残念」

最後は独り言のように呟きながら、看護師は薬剤を取りに別室へ向かう。その背中を見送り、楢崎はぽつりと呟いた。

「今年の桜は、今夜限り……か」


その夜、午後九時過ぎ。

いつものように楢崎と差し向かいで夕飯を済ませ、食後、キッチンで食器を洗っていた万次郎は、楢崎に呼ばれて小首を傾げた。

とりあえず、手に持っていた皿をすすいで水切り籠《かご》に置き、湯を止めてからキッチンを出る。

「呼んだ？」

エプロンで手を拭きながらリビングを見た万次郎は、あれっと小さな声を上げた。てっきり、定位置のソファーにいると思った楢崎の姿が見えないのだ。

だが、確かにさっき、声は聞こえた。

「あれれ、先生？　どこ？」

キョロキョロする万次郎の耳に、再び楢崎の声が聞こえる。

「こっちだ」

相変わらず姿は見えないが、リビングの掃き出し窓のカーテンが、ふわりと揺れた。どうやら、窓が開いているらしい。

「ベランダ？」

万次郎は訝しみながらも、リビングのベランダに出てみた。

果たして楢崎は、ベランダの手すりに持たれて立っていた。寝間着の上にカーディガンを引っかけただけの薄着である。

「先生、何してんの、そんなとこで。寒くない？」

「少し寒い。だからこそ、早く来い」

楢崎は、相変わらずの仏頂面で万次郎を差し招く。

「どうしたのさ？」

いったい楢崎が何をしているのかわからないものの、早く行って用事を済ませないと、楢崎が凍《こご》えて風邪《かぜ》を引いてしまいかねない。

万次郎は急いでサンダルに足を突っ込み、楢崎のもとへと向かった。

「いったい、何」

万次郎が問いかけると、楢崎は身体の向きを変え、ベランダから街を見下ろした。五階角部屋からの眺望は、高層マンションほどではないにせよ、それなりに開けている。

「見てみろ」

楢崎は、向かって左側を指さした。万次郎も、楢崎と並んで立ち、彼が示すほうを見る。

「どこ？」

「あそこだ。ちょうど建物が切れて、暗いあたり……」

「あっ！」

楢崎が見せたい場所に気づいて、万次郎は大きな声を上げた。

いわゆる繁華街を外れ、もうすっかり暗い住宅街の中に、二本の太い直線を描くように、白々とライトアップされた桜並木が見える。

「あれも、川沿いかな」

「おそらくな。桜の盛りのときだけ、ああやって小規模だがライトアップするんだろう」

そう言って、楢崎は少し得意げにつけ加えた。

「明日は朝から雨で、桜も終わってしまいそうだからな。本当は、夜の散歩にでも行こうかと思ったんだが、趣向を変えてみた。遠くの夜桜を高い場所から眺めるのも、悪くないだろう」

「ホントだね。あんまり夜にここから外を見ることってなかったから、ビックリしたなあ。あんなに綺麗に見えるんだ。綿菓子みたい」

そこそこ離れているせいで、桜の幹はまったく見えないし、一本一本の区別もつかず、まるでピンク色の大きな雲が浮いている、あるいは霧がふわりとかかっているように見える。

「綺麗だねー、先生」

「ああ」

万次郎の素直な感嘆の声を聞きながら、なぜか急に黙り込んだ楢崎は、手すりに両手を置いたまま、不意にこんなことを言い出した。

「俺には、お前を好きなときにここから叩き出す権利がある。何しろ家主だからな」

「う……？　う、うん」

綺麗な夜桜を見せてくれた直後、しかも唐突すぎる剣呑な発言に、万次郎は狼狽しつつも同意する。

そんな万次郎の困惑顔を見ずに、桜のほうを向いたまま、楢崎はぶっきらぼうに続けた。

「だが、逆は駄目だ。お前は決して、俺の許可なく去るな」

「……先生?」

今度はキョトンとする万次郎の表情を確かめることはないものの、楢崎の声には微妙な熱がこもり始める。

「みずから望んでここに転がり込んだ以上、出ていくのは、俺が許可したときだけだ。お前の都合で、俺の前から消えることは許さん」

「！」

相変わらずわかりにくい楢崎の言葉の意味が脳に伝わるなり、万次郎は文字どおり総毛立った。もし第三者がここにいたら、万次郎の髪の毛が怒った猫のように逆立つのがありありと見えたことだろう。

「せ、先生、俺っ」

万次郎は両腕を鳥のようにバタバタさせながら、何かリアクションしようと必死で言葉を探す。

だが、そこでようやく身体ごと万次郎のほうを向いた楢崎は、どう考えても怒っているとしか思えない険しい表情と尖った声で、こう言い放った。

「以前、お前とは将来のことを何一つ約束できんと言った覚えがある」

「う、うん。俺もそれ、言われた記憶がある」

曖昧に頷いた万次郎に、楢崎はツケツケと言い募る。

「だが、それを今、訂正する。できないんじゃない。お前と将来の約束などは、生涯にわたって絶対にしない」

「え、えええ⁉」

感動的な発言の直後にしてはあまりにも冷淡な言葉に、万次郎の逆立っていた毛は、瞬時に倒れる。尻尾があれば、きっとダランと垂れてしまったことだろう。

可哀想なほど萎《しお》れてしまった万次郎にはおかまいなしで、楢崎は腕組みし、居丈高に宣言した。

「俺がするのは、命令だけだ。少なくとも、来年の桜をこうして一緒に見るまでは、俺の目の前で、無駄に元気に動き回っていろ。そして旨い飯を作れ」

シュンと項垂れていた万次郎は、ばね仕掛けの人形並みの勢いで顔を上げる。

「え⁉　それって」

楢崎の顔から万次郎が目を離したのは、おそらく十数秒に過ぎないはずだ。それなのに、さっきまでまさに白皙《はくせき》だった楢崎の顔は、暗がりでもわかるほど真っ赤になっている。

それでも楢崎は、口調だけは冷たいままで言った。

「来年もどこかで共に桜を見ながら、気が向けば同じ命令を繰り返す。そういうことにした。……言うまでもないが、命令は絶対だからな。この前のような真似を繰り返したら、俺は絶対に……うわあッ」

楢崎の、口調以外は最高に熱っぽい「命令」が終わらないうちに、楢崎は悲鳴を上げた。万次郎がいきなり間合いを詰めてきたと思うと、両腕を目一杯広げたのだ。てっきりそのまま渾身の力で抱きすくめられるのかと身構えた楢崎は、再び情けない悲鳴を上げる羽目になった。

万次郎は、楢崎のウエストに太い腕を回したと思うと、そのままぐいっと抱え上げたのである。

「お、おい！　よせ、下ろせ！」

「駄目、無理」

今度は、万次郎が珍しいほどの切り口上で応じる番である。

楢崎を米俵のように肩に担ぎ上げたまま、万次郎は大股に家の中に入っていく。怒声も虚しく、楢崎はあっと言う間に寝室のベッドの上に落とされていた。

無論、そのままの勢いで万次郎もベッドに上がり、のしかかってくる。

「おいって！　こういうことは、まだ……っ」

楢崎は、自分を組み敷こうとする万次郎の分厚い胸を両手で押し、遠ざけようとした。

実は万次郎が退院して以来、楢崎は意識的に万次郎との性行為を避けてきた。

セックスというのは、意外と心臓や脳の血管に負担のかかる行為である。いくら経過がいいといっても、万次郎の側頭部の一度は破綻した動脈が、再び出血する可能性はゼロではないのだ。

無論、それはいささか心配性すぎる配慮で、主治医から性行為を禁止されたりはしていない。だが、どうにも不安で、万次郎から遠慮がちな誘いを受けても、楢崎はその気になれなかったのである。

だが今、万次郎は飢えた狼《おおかみ》のような状態だ。そして、その引き金を引いてしまったのが自分の発言だということくらいは、楢崎も自覚している。

それでも、年に一度、ほんの数日だけ満開になる桜を見ながら、精いっぱい強がって、万次郎に気持ちを告げておきたいと思った。

プライドが高すぎる楢崎にとっては、あれがうんと年下の居候……いや、心の中ではとっくの昔に恋人である万次郎への、精いっぱいの譲歩、もとい愛情表現だったのだ。

「無理だし！　あんな嬉しいこと言われて、我慢しろったって、そんなの絶対無理だよ。ね、いいでしょ？」

一応は許可を求めつつも、万次郎は、意外なほど器用な指で、楢崎のパジャマの上着のボタンをぷちぷちと外していく。

ここでやめろと言って止まる状況では、もはやない。

「待て。わかったから、ちょっと待て」

万次郎の手を払いのけると、楢崎はベッドに身を起こした。そして、お預けを食らった犬のような、不安げな顔の万次郎の両肩を押し、体重をかけてベッドに押し倒す。

「わっ」

瞬時に体勢が入れ替わり、万次郎はギョロ目をパチリと瞬いた。

「こんなことの最中に、お前の脳の血管が切れようものなら大惨事だからな。俺がコントロールする」

やけにキッパリそう言って、楢崎は万次郎の服に手をかけた。

「コントロールって……」

唖然としている万次郎のエプロンをあえて外さず、ただウエストまでめくり上げる。そしてスウェットパンツと下着を乱暴に引きずり下ろし、一気に万次郎の下半身だけを露出させた状態で、楢崎はきっぱりと言った。

「俺が勃《た》たせて、俺が挿《い》れて、俺が適切な時間とタイミングでいかせる」

まるっきり医者の口調でとんでもないことを口走る楢崎に、万次郎は自分の間抜けな状態も忘れ、ただ呆けたようになっている。

「先生が……全部、やってくれるの？」

「そうだ。お前の好きにやらせると、無茶をするからな。不本意だが……俺が、やる」

その言葉を裏づけるように、楢崎はベッドサイドの小さなチェストの引き出しを開け、自らコンドームの箱とジェルのボトルをつかみ出す。どちらも、いつもならば万次郎が扱うものだ。

「あ、あ、あの、まさか、さっきの『俺が挿れる』っての、もしかして、先生が、俺に⁉」

突然硬直した万次郎の反応に、コンドームの袋をピリッと破りながら眉をひそめた楢崎は、途端に再び赤面した。

「馬鹿野郎、何を考えてる」

大いなる勘違いで萎えかける万次郎のものを指で弾き、楢崎はツケツケと言った。

「なんだって、お前みたいな図体のでかい奴を、俺がどうこうしなきゃならんのだ。そういうことじゃない。俺が……乗ってやると言ってるんだ」

「よ……よかったあああ！　俺、先生がどうしてもって言うんなら覚悟を決めるけど、やっぱどっちかっていうと、先生に挿れ」

「うるさい、黙れ。というか、お前のここは打てば響きすぎだぞ！」

ついさっきまで、手淫を施さない限り役に立たないと思われた状態の万次郎の楔は、誤解が解けるなり、早くも天井を仰ぐ勢いに戻っている。

「だって……なんだか久しぶりだから、嬉しくて。しかも先生が」

「いいから黙れと言っている！」

羞恥が基準値を越えたのだろう。楢崎はいきなり万次郎のものをギュッと掴んだ。実に荒っぽく、そのままコンドームをつけ始める。根元からへし折らんばかりの勢いで握られ、万次郎は色気のない悲鳴を上げる。

「あだっ！　せ、先生、もうちょっと優しくして、痛い」

「お前の無駄にでかいのを受け入れるこっちの苦労に比べれば、このくらいどうってことはなかろう。……一度、抜くぞ。無駄に我慢せず、さっさと出せ。血圧を上げすぎるなよ」

またしても医者の顔でそう言うなり、前がはだけたパジャマ姿のまま、楢崎は万次郎の押し開いた両脚の間に膝をついた。そのまま、勃ち上がったものの先端を、いささか乱暴に口に含む。

薄い膜越しでも、ずっと行為を拒まれてきた万次郎のそこは、温かな粘膜に包まれる快さにたちまち歓喜する。

「……わっ、あ、……やば……っ」

いつもは自分が奉仕するほうである楢崎に、一方的に尽くされる。

まったく慣れないシチュエーションに、万次郎は快感と狼狽に翻弄され、声を漏らした。

おそらくは「くそっ、邪魔だな」と、万次郎のものを銜《くわ》えたまま不明瞭《ふめいりょう》な口調で悪態をつき、楢崎は眼鏡を乱暴に外し、サイドテーブルに放り投げる。

艶やかな黒髪を乱し、いつもは冷たい言葉ばかり吐き出す唇で、万次郎の熱を慰める。

たちまち質量を増すものに喉の奥を突かれ、苦しげに端整な顔を歪めるさまは、本人の自覚がなくても、とてつもなく蠱惑的《こわくてき》である。

「もったいないから……っ、我慢、したい、のにっ」

泣きそうな顔で訴えた瞬間、万次郎の見事な大臀筋《だいでんきん》が、ギュッと引き締まる。無理、と喘《あえ》ぎ交じりの声を漏らし、呆気なく熱いものを吐き出した……。


「……っ、う、ぁ」

押し殺した、譫言に似た声が、荒い呼吸や汗と共に滴ってくる。

たくましい胸板に置かれた長い指に、痛いほど力がこもっている。

「先生……大丈夫？　うっ」

口とは比べものにならないほど、熱くしなやかな粘膜に食い締められ、擦られる。

万次郎は、自分に馬乗りになり、息を乱しながらも緩やかに腰を揺らし続ける楢崎を気遣った。

だが、そんな問いかけには答えず、楢崎は息を吐きながら、腰を上げた。後ろの浅いところで、万次郎の屹立《きつりつ》の先端だけをゆっくりと抜き差しする。

「……ふ、う、ぅ」

浅いほうが、楢崎自身は気持ちがいいのだろう。こらえてはいるが、声に艶が増したのがわかる。

万次郎は手を伸ばし、楢崎の額に触れた。汗に濡れて貼りついた黒髪を、そっと掻き上げてやる。潤んだ切れ長の瞳が、熱にうかされたように万次郎を見下ろした。

「俺……凄くいい。いいから……っ、先生も、いいようにして」

そのまま滑らせた手のひらに触れる、楢崎のシャープな頬が熱い。半開きの薄い唇からは、熱い吐息と共に、高飛車な台詞が漏れた。

「お前の……指図は、受けん」

「ん……いいよ。先生の、好きに」

それでも楢崎の負担を少しでも軽くしたくて、万次郎は片手を楢崎の腰に添えた。そしてもう一方の手で、今夜はまだ一度も触れさせてもらえていない、楢崎のものに触れた。

「あっ……ま、まんじ、よせっ」

不意を突かれて、楢崎は高い声を上げる。だが万次郎は、先走りに濡れた楢崎の芯《しん》を、大きな手のひらで柔らかく包み、やわやわと扱《しご》いた。

「くっ、う、う……っ」

楢崎の身体から力が抜けて、ガクリと腰が崩れる。そのせいで、万次郎を深くまで受け入れることになり、楢崎は息を詰めた。身体が脱力すると、反対に、内側は万次郎をきつく締めつける。

「わっ、あ、や、やばいって……！　うあっ」

楢崎を助けるつもりが、自分が追い詰められて、万次郎は情けない絶望の声を上げる。

下腹部に蟠《わだかま》る熱が、ついに止められない奔流《ほんりゅう》となったことを悟ると、男の本能が無意識に放出へのアクションを開始してしまう。

それまでは楢崎にされるがままだった万次郎は、とうとう楢崎の引き締まった腰を両手で摑むと、自分から激しい突き上げを始めた。

「あ、あっ、あ、だ、駄目だ、まんじ……っ、あ……ッ！」

掠れた悲鳴を上げて、楢崎の背中がしなやかに反る。その身体の深いところで、万次郎の熱い楔が大きく震えた。

「くっ……」

深く突き上げたところで動きを止め、万次郎は太い両腕で楢崎を抱き締めた。楢崎の上半身が万次郎のほうに大きく傾き、互いの胸が触れ合う。万次郎の腹にきつく擦られ、その強すぎる刺激で、楢崎も達した。

互いのものが、ビクン、ビクンと小さく収縮を繰り返すのがわかる。

「ばか……やろう……」

この場に似つかわしくない悪態を切れ切れに口にして、楢崎は万次郎の胸の上でグッタリと弛緩《しかん》した……。

結局その後、万次郎の脳血管を心配し、「お前は本当に人の命令を聞かない」と説教をしている途中で、楢崎はグズグズと寝入ってしまった。

そんな楢崎を腕に抱いたまま、万次郎はしみじみと幸福を噛みしめて横たわっていた。

部屋の中はヒンヤリとしているが、裸で抱き合っていれば、布団の中は心地よく暖かい。

本当はすぐに汗を洗い流すべきなのだろうが、楢崎を起こすのは可哀想だし、あまりにもベッドの中が気持ちがよくて、動く気になれない万次郎である。

「来年の桜を見るまで、無駄に元気で動き回ってろ。旨い飯を作れ……だっけ。ちゃんと、命令は覚えてるよ」

いつもより少しだけ若く……というより幼く見える楢崎の寝顔を見ながら、万次郎は小さな声で言った。

「俺、きっと守るよ、その命令。命をかけて……じゃ、駄目なのか。でも、最優先で、守るよ。先生の目の前で、いつも元気でいる。毎日、旨い飯も作る。それで、来年も一緒に桜を見て、先生に同じ命令を繰り返してもらう。再来年も、その次の年も、ずっと、ずーっと」

「……ん……」

まるで「そうしろ」と言うように、楢崎は小さく唸る。

「二度と、俺が死んじゃうかも、なんて思わせないから。先生が死ぬか、俺のこと要らなくなるまで、俺、絶対元気でいるからね」

一年どころか、一生をかけた厳かな誓いを口にして、万次郎は眠る楢崎の額に、唇を押し当てた。

そして、楢崎の命令を遂行すべく、やはり人生初の人間ドックに挑んでみるべきだろうか、しかし胃カメラどころか採血すら苦手な自分に耐えられるだろうか、いや、耐えねばと、あれこれ思いを巡らせ始めたのだった……。

あとがき

こんにちは、椹野道流です。ずいぶんお久しぶりの「いばきょ&まんちー」をお届けします。長らくお待たせしてしまって、申し訳ありませんでした。

前回が夏の話だったので、今回は他の季節の話にしたいね～と担当さんと話していて、あれこれアイデアを出し合った結果、「春に冬の出来事を振り返る」という、いつもとはちょっと雰囲気の違う構成になりました。

しかも、四人のうち二人に大変なことが！ 先にあとがきを読むという方はここで目を閉じて回れ右していただきたいわけですが、その「大変なこと」が恋愛絡みでないあたりが、いかにもうちのキャラクターらしくて、作者ながら可笑しかったです。

でも、ごく当たり前の日常に潜む恐怖というか、作中で茨木さんが言っていたように、本当に「禍福はあざなえる縄のごとし」だなあ、と最近、つくづく思うのです。

大切な人たちには、出し惜しみせず、日頃から感謝の言葉を伝えたいという想いが書かせた物語であったような気がします。

これからも色々な事件が起こるたび、彼らは少しずつ絆を深めていくのだと思います。そんな四人の様子を、物語を楽しみつつ見守っていただけましたら幸いです。


今回も、イラストは草間さかえさんにお世話になりました！　このシリーズではいつも表紙に四人ぎゅぎゅっと詰めていただくので、大変なご苦労をおかけしているのだと思います。四人四様の服装と表情が本当に素敵です。ありがとうございます！

担当Sさんをはじめ、お世話になった方々にも、ありがとうございます。

そして誰よりも、この本を読んでくださった方に深い感謝を。四人のことを気にかけてくださって、本当にありがとうございます。

四人のお話は続きますが、他の作品もチェックしていただけたら嬉しいです。情報は、ツイッターアカウント（https://twitter.com/MichiruF）て適宜お知らせしております。

では、また近いうちにお目にかかります。それまでどうぞ、お健やかに。

椹野　道流　九拝

槙野道流先生、草間さかえ先生へのお便り、
本作品に関するご意見、ご感想などは
〒101-8405
東京都千代田区三崎町2-18-11
二見書房　シャレード文庫
「桜と雪とアイスクリーム　いばきょ&まんちー3」係まで。

本作品は書き下ろしです

CHARADE BUNKO

桜《さくら》と雪《ゆき》とアイスクリーム　いばきょ&まんちー3

【著者】槙野道流《ふしのみちる》

【発行所】株式会社二見書房
東京都千代田区三崎町2-18-11
電話　03(3515)2311[営業]
　　　03(3515)2314[編集]
振替　00170-4-2639
【印刷】株式会社堀内印刷所
【製本】ナショナル製本協同組合

落丁・乱丁本はお取り替えいたします。
定価は、カバーに表示してあります。

ISBN978-4-576-15066-6

http://charade.futami.co.jp/